F. W. DIXON

DIE HARDY BOYS

Der Fluch des Juwelen-Königs

Schneider-Buch

INHALT

Falke in Zimmer 211

„Die Stimme eures Vaters klang verzweifelt“, berichtete Tante Gertrud beunruhigt. „Er läßt euch sagen, daß ihr um vier Uhr in der Empfangshalle des Park-Hotels sein sollt. Ihr müßt euch beeilen!“

Frank und Jan Hardy kamen gerade vom Schwimmbad nach Hause zurück, wo ihre Tante sie aufgeregt an der Küchentür empfing. Bei ihrem Bruder Fenton befürchtete Tante Gertrud immer das Schlimmste. Und das nicht zu Unrecht, denn der berühmte Detektiv steckte häufig in lebensgefährlichen Situationen.

„Ach ja“, fuhr sie hastig fort, „er sagte was von einem Falken. Was bedeutet das?“

„Falke! Ach du liebe Güte, Frank, laß uns schnell losfahren!“ drängte Jan aufgeregt.

Die beiden rannten hinaus zu ihrem Auto. Jan startete und sie brausten los.

Falke, das Geheimwort zwischen den Geschwistern und ihrem Vater, bedeutete höchste Gefahr. Aber welche Gefahr?

Mit der gerade noch erlaubten Geschwindigkeit rasten sie in Richtung Westen. Herr Hardy hatte keinen neuen Fall erwähnt. Wenn also irgendeine Gefahr drohte, dann mußte sie ganz plötzlich aufgetaucht sein. Frank und Jan machten sich Sorgen.

Der dunkelhaarige achtzehnjährige Frank schaute auf seine Uhr. „Drei. Eigentlich müßten wir es schaffen."

Jan nickte. „Ich hoffe nur, es fängt nicht an zu regnen. Dadurch könnte der Verkehr ins Stocken geraten."

Der Himmel, am Morgen noch unbewölkt und sonnig, war jetzt im Westen unheilvoll grau geworden, und ein kühler Wind begann die Junihitze zu vertreiben.

„Es sieht aus, als ob ein Sturm aufzieht", seufzte Frank. „Und der Verkehr wird schon zähflüssiger. Aber das kann nicht am Wetter liegen. Was da wohl los ist?"

„Wahrscheinlich ein Unfall." Jan streckte den Kopf aus dem Fenster, um bessere Sicht zu haben. Aber er sah nur die Autoschlange, die im Schneckentempo dahinschlich. Ungeduldiges Hupen ertönte von allen Seiten, und dann stand der Verkehr schließlich vollständig still.

Jan stieg aus, um besser sehen zu können. Plötzlich schüttelte er seine blonden Haare und seine Augen wurden groß vor Staunen.

„Frank! Jetzt seh ich was los ist!" rief er dem um ein Jahr älteren Bruder zu.

„Was denn?"

„Ein Ballon! Er fliegt ziemlich tief und kommt direkt auf die Schnellstraße zu. Alle haben angehalten um ihn zu beobachten!"

Frank griff ins Handschuhfach und holte das Fernglas heraus, das immer für alle Fälle bereit lag. Er sprang aus dem Auto und betrachtete den grün-weiß gestreiften Ballon, dessen Korb wie ein Riesenpendel gefährlich hin und her schwang. „Er muß in eine plötzliche Windbö geraten sein“, rief er. „Hier, schau mal, Jan!“

Jetzt war der Ballon bis auf hundert Meter herangekommen. Jan sah durch das Fernglas den beiden Passagieren zu, die sich verzweifelt am Rand des Korbs festklammerten.

„Was haben die bloß vor?“ rief er. „Ob sie etwa auf der Schnellstraße landen?“

Plötzlich schwenkte der Ballon nach rechts und landete unsanft auf einem Feld neben der Straße, nicht weit von Frank und Jan.

Frank fuhr schnell das Auto an die Seite. „Komm, Jan, vielleicht können wir helfen!“

Viele andere Autofahrer hatten denselben Gedanken und rannten über die Wiese zu dem Ballon, aus dem langsam zischend die Luft entwich.

Frank und Jan kamen gerade an, als die beiden Passagiere aus dem Korb kletterten. Als sich der eine von ihnen umdrehte, klappte Jan vor Staunen fast die Kinnlade herunter. Es war niemand anderes als ihr bester Freund Red Morton!

„Hallo Frank, grüß dich Jan“, begrüßte Red die beiden.

„Was in aller Welt tust du denn hier?“ fragte Jan fassungslos.

Der stämmige sommersprossige Junge warf einen Seitenblick auf den in sich zusammenfallenden Ballon und meinte beiläufig: „Ich nehme Unterricht. Ich wollte euch nichts verraten bevor ich ein perfekter Ballonfahrer geworden bin.“

Der zweite Passagier gesellte sich zu der Gruppe. „Das ist Herr Albert Krassner“, stellte Red vor. „Und das sind meine Freunde Frank und Jan Hardy.“

Krassner war etwa vierzig Jahre alt, hatte lichtes schwarzes Haar und ein breites fleischiges Gesicht mit wulstigen Lippen und hängenden Augenlidern, die ihm ein verschlafenes Aussehen verliehen. Seine Stimme klang jedoch aufgeweckt und wachsam.

„Sehr erfreut." Er reichte den jungen Detektiven seine plumpe Hand. „Das war knapp! Plötzlich kam starker Wind auf und wir versuchten zu landen, aber durch ein defektes Luftventil kamen wir nicht schnell genug herunter, und so hätte es uns fast auf die Straße getrieben!"

„Ein defektes Luftventil?" wiederholte Jan.

Red nickte. „Wenn man schneller herunterkommen will, als nur durch das Abkühlen der Luft im Ballon, dann zieht man an einer Leine, um ein Ventil zu öffnen. Durch das Ventil entweicht dann Luft. Je länger man es offen hält, um so schneller geht es. Bei starkem Wind zieht man etwa drei Meter über dem Erdboden an der Reißleine. Dadurch wird eine Reißbahn geöffnet und die Heißluft strömt rasch aus."

„Ach so", nickte Jan. „Aber dazu muß man wohl genau über der Stelle sein, an der man landen will."

„Stimmt", bestätigte Red.

Krassner ging zum Ballon zurück. Die Hardys benutzten die Gelegenheit, Red über seinen neuen Freund auszufragen.

„Er ist reich", erklärte Red. „Ein Finanzmakler. Er ist Mitglied vom Ballonklub bei Oak Knolls."

„Wie hast du ihn denn kennengelernt?" wollte Frank wissen.

„Ich habe mich immer im Klub rumgedrückt", antwortete Red. „Krassner mochte mich und hat mir kostenlosen Unterricht angeboten."

„Das hätte genausogut deine letzte Unterrichtsstunde sein können, Red!" mahnte Frank. „Sie hätte dich fast das Leben gekostet!"

„Und du willst unser Freund sein und erzählst uns nichts von deinem neuen Hobby?"

„Seid bloß nicht eingeschnappt", erwiderte Red. „Ich hab euch doch erklärt, ich wollte euch überraschen."

„Das hast du auch wirklich geschafft", bestätigte Frank kopfschüttelnd. Dann schaute er auf seine Uhr. „Zwanzig Minuten vor vier! Höchste Zeit für uns. Wir müssen unseren Vater im Park-Hotel in Oak Knolls treffen", sagte er. „Bis später."

Die Stauung begann sich langsam aufzulösen. Während Frank und Jan schnell zu ihrem Auto liefen, sahen sie einen Lastwagen querfeldein auf den Ballon zufahren. Ein kleiner schwarzer Sportwagen fuhr hinterher.

„Der gehört wahrscheinlich Krassner", meinte Jan. „Sieht wie ein italienisches Modell aus."

Eine Weile kamen die Hardys nur langsam vorwärts, dann konnten sie endlich schneller fahren. Jan überholte Dutzende von Autos, ging aber mit dem Gas zurück, sobald die Tachonadel über die Geschwindigkeitsbegrenzung kletterte. „Strafzettel dürfen wir keinen kriegen, sonst schaffen wir es nie rechtzeitig", erklärte er.

Endlich kamen sie in Oak Knolls an. Inzwischen war es zehn nach vier. Als sie schließlich den Parkplatz des Hotels erreichten, war es bereits zwanzig Minuten nach vier.

Die Jungen rannten ins Hotel.

„Haben Sie eine Nachricht für Frank und Jan Hardy?" erkundigte sich Frank hastig am Empfang.

„Nein, leider nicht. Waren Sie mit jemand verabredet?"

„Ja." Frank schaute sich beunruhigt in der Empfangshalle um.

„Wünschen Sie Zimmer?"

„Nein, danke", antwortete Jan schnell. Er hatte an der Seite einen Sitzungsraum mit offener Tür entdeckt.

Die Brüder betraten den Raum. Es roch unangenehm nach Rauch und überall standen volle Aschenbecher herum. Auf Klappstühlen und auf langen Tischen lagen gedruckte Sitzungsprogramme.

Am anderen Ende des Zimmers auf einem Podest stand eine Tafel, die mit Zahlen beschrieben war.

„Vielleicht hat Vater auch an der Sitzung hier teilgenommen", überlegte Frank. „Sie kann noch nicht lange vorbei sein." Er schaute sich die Tafel etwas genauer an. In einer Ecke war mit kleinen Buchstaben etwas hingekritzelt. „Jan“, rief er, „hier steht SOS Zimmer 211 Falke!“

„Vater ist in Gefahr!“ Jan sah den Bruder ernst an. „In Zimmer 211!“

Eine Stimme hinter ihnen ließ die beiden plötzlich zusammenfahren. „Die Welt ist voller Gefahren!“

Frank und Jan drehten sich schnell um. Vor ihnen stand Albert Krassner.

„W-was tun Sie denn hier?“ forschte Jan.

Krassner lächelte liebenswürdig. „Red sagte mir, wo ihr zu finden seid. Er verriet mir auch, daß ihr die berühmten Hardy-Detektive seid.“

„Wir sind nicht berühmt“, wehrte Frank ab. „Aber unser Vater!“

In Wirklichkeit waren Frank und Jan genauso berühmt wie Fenton Hardy, der eines Tages die New Yorker Polizei verlassen hatte, um sich selbständig zu machen. Angefangen mit einer spektakulären Schatzsuche hatten die Hardy-Boys viele spannende Fälle gelöst. Der letzte davon war durch die gesamte Weltpresse gegangen.

„Herr Krassner, falls Sie mit uns über den Beitritt zu Ihrem Ballonklub sprechen wollten, so müssen wir das verschieben. Wir haben jetzt keine Zeit“, unterbrach Jan.

„Nein, nein, das ist es nicht. Ihr müßt mir helfen!“ Krassners Gesicht war auffallend blaß.

„Wie denn?“ fragte Frank.

Plötzlich verzerrten sich Krassners Züge vor Schmerz. Er packte Jan bei den Schultern, und bevor der Junge reagieren konnte, fielen beide mit einem dumpfen Schlag zu Boden.

Jan schob den Mann weg und sprang auf, Krassner jedoch blieb regungslos liegen.

„Er ist bewußtlos“, stellte Frank fest. „Er muß irgendeinen Anfall gehabt haben!“

Die Jungen wußten, daß Kranke manchmal Anweisungen für derartige Notfälle bei sich tragen, und Jan durchsuchte deshalb die Taschen des Mannes. „Hier ist eine Flasche mit einem Zettel", rief er.

Auf dem Zettel stand, daß man Krassner im Fall einer Herzattacke eine Tablette unter die Zunge legen sollte.

Frank handelte schnell, und schon nach ein paar Sekunden schlug Krassner die Augen auf. Die Jungen halfen ihm aufzustehen und sich bequem auf ein Sofa zu setzen.

Jan rannte hinaus und holte ein Glas Wasser. Als er zurückkam, hatte Krassners bleiches aufgedunsenes Gesicht schon wieder etwas Farbe.

Er murmelte mit zittriger Stimme: „Es tut mir leid, daß ich euch solche Schwierigkeiten mache. Ich glaube, ich hatte zuviel Aufregung für einen Tag. Ich bin froh, daß ihr meine Pillen gefunden habt."

„Macht gar nichts", wehrte Frank ab. „Sie sollten sich hier eine Weile ausruhen. Wir sind gleich wieder da."

Krassner nickte erschöpft, und die beiden verließen hastig das Konferenzzimmer.

„Das ist alles sehr seltsam", flüsterte Frank. „Laß uns bloß schnell Vater finden."

Rasch gingen sie durch die Empfangshalle und hinauf in den zweiten Stock.

Vor Zimmer 211 hielten sie an und horchten. Zuerst war nichts zu hören, doch dann vernahmen sie dumpfe Geräusche und ein leises Stöhnen.

„Komm, wir schlagen die Tür ein", schlug Jan vor.

„Moment", antwortete Frank und drehte am Türknopf. Der gab nach, und Frank stieß die Tür weit auf. Drinnen lag Fenton Hardy eingeklemmt zwischen dem Bett und einer Kommode. Er war an Händen und Füßen gefesselt und hatte einen Knebel im Mund. Schnell befreiten die Jungen ihren Vater. Der Detektiv setzte sich mühsam auf und massierte seinen Hinterkopf.

„Ich hab gedacht, ihr kommt nie“, brummte er.
„Tut uns leid“, entschuldigte sich Frank, „wir wurden durch einen Ballon aufgehalten.“
„Was?“
„Das erzählen wir dir später, Papa. Steh erst mal auf! Vorsicht!“
Während sie ihrem Vater auf einen Stuhl halfen, bemerkte Jan ein Stück Papier, das in seiner Hemdtasche steckte.
„Was ist denn das?“ wollte er wissen.
„Ich weiß nicht“, erwiderte Mr. Hardy.
Jan nahm das Papier heraus und las. „Papa, hier steht ‚Halten Sie Ihren Mund‘.“
„Na, das ist ziemlich unwahrscheinlich!“ meinte Frank grinsend. „Es ist ganz schön schwierig, Vater einzuschüchtern.“
Der Detektiv lächelte stolz. Dann begann er seinen Bericht. „Es fing mit einem Anruf an das Detektivbüro von Sam Radley an. Der Anrufer wollte, daß Sam eine Wanze in Conrad Greenes Wohnung in Ocean Bluffs anbringt.“
„Meinst du den amerikanischen Schachmeister?“ unterbrach Frank.
„Ja, genau.“
„Aber warum denn?“ forschte Frank.
„Die Weltmeisterschaft findet bald statt“, fuhr Fenton Hardy fort. „Möglicherweise hat es damit etwas zu tun. Als alter Freund hat Sam mir davon erzählt und ich bin an seiner Stelle hierhergekommen, um diesen sogenannten Kunden zu treffen.“
„Und du hast ihn getroffen“, folgerte Frank.
„Stimmt. Als ich ankam, waren zwei Männer im Sitzungszimmer. Offensichtlich war kurz vorher eine größere Gruppe von Leuten dagewesen und ich weiß nicht, ob die beiden Männer mit denen etwas zu tun hatten. Sie nannten sich Smith und Jones.“
„Klingt genauso echt wie ein Dreidollarschein“, meinte Jan. „Wie haben sie denn ausgesehen?“

„Smith war klein, dünn und hatte lange schmale Finger. Er sah ein wenig mongolisch aus. Der andere, Jones, sah aus wie ein echter Angelsachse. Ein langes Gesicht, typisch englisch. Schmales vorstehendes Kinn. Beide schienen Ende Dreißig zu sein. Euch hatte ich hergebeten, um diese Männer zu beschatten", fuhr Fenton Hardy fort.

„Mach dir keine Sorgen. Wir werden sie schon finden, wenn sie irgendwo hier in der Gegend sind", versprach Frank.

„Auf jeden Fall hast du ihnen erklärt, daß aus dem Abhören nichts wird, oder?"

„Richtig. Dann haben sie mich auf Zimmer 211 gebeten, um die Sache zu besprechen. Unter dem Vorwand, ich hätte meine Aktentasche vergessen, ging ich noch mal zurück und habe die Nachricht auf der Tafel hinterlassen."

„Das war eine gute Idee", sagte Frank.

Fenton Hardy nickte. „Als ich dann Zimmer 211 betrat, hat mich von hinten ein dritter Mann niedergeschlagen."

„Ob die wohl immer noch meinen, du seist Radley?" wollte Jan wissen.

„Ich habe keine Ahnung. Auf alle Fälle muß dieses illegale Abhören verhindert werden. Wenn Smith und Jones irgendeinen zwielichtigen Detektiv finden, der an Greenes Telefon eine Wanze anbringt, dann könnte das zu echten Schwierigkeiten führen."

Der Detektiv hatte sich inzwischen soweit erholt, daß sie nach unten gehen konnten. Krassner war nicht mehr im Sitzungszimmer, deshalb wandten sie sich an den Empfangschef.

„Zimmer 211 ist als Gästezimmer für eine Verkaufssitzung der Firma Eco reserviert worden", erklärte dieser. „Ich hatte noch nie von der Firma gehört, aber einer der Vertreter erwähnte die Juwelen-Vertriebsgesellschaft. Das ist eine Firma, die mir bekannt ist. Sie verkauft ihre Ware an der Haustür."

„Haben Sie den Herrn bemerkt, der nach uns hereinkam?" unterbrach Frank.

„Ja, er ist vor ein paar Minuten gegangen."

Die Hardys bedankten sich und gingen nach draußen. Frank und Jan erzählten von der Verzögerung auf der Schnellstraße und von Krassners Herzattacke.

„Hört sich an, als wäre er ein ziemlich seltsamer Typ", stellte Fenton Hardy fest. „Er wollte Hilfe, aber erzählte nicht warum."

„Vielleicht hat er's sich anders überlegt", meinte Frank. „Was machen wir nun, Vater?"

Man kam überein, daß Frank und Jan sich um diesen Überfall auf ihren Vater kümmern würden, denn Fenton Hardy war gerade mit einem Fall beschäftigt, bei dem es um maßgeschneiderte Anzüge aus Hongkong ging.

„Der Verband der Herrenschneider hat mich gebeten, diese Schwindelorganisation auffliegen zu lassen", erklärte der Detektiv. „Ein halbes Dutzend Leute ist beteiligt. Sie nehmen Bestellungen an für maßgeschneiderte Anzüge aus Hongkong, verlangen eine fette Anzahlung und machen sich aus dem Staub. Es sollte eigentlich nicht allzulange dauern, die Sache aufzuklären. Schwindler dieser Art sind normalerweise nicht allzu helle."

Mr. Hardy fuhr voraus, und die Jungen folgten ihm in ihrem Wagen. Zu Hause empfing Mrs. Hardy ihre drei Männer, wie sie sie immer nannte, und forschte: „Was ist denn das für eine mysteriöse Sache, von der mir Gertrud erzählt hat?"

Frank berichtete ihr kurz, was geschehen war und fügte hinzu: „Mach dir bloß keine Sorgen, Mutti. Es ist nichts passiert."

Fenton Hardy führte ein paar Telefongespräche und berichtete dann: „Die Firma Eco und die Juwelen-Vertriebsgesellschaft sind in keinem Handelsregister eingetragen, aber die Juwelen-Vertriebsgesellschaft steht im Telefonbuch. Ich glaube, Eco ist nur ein Deckname für diese Firma. Ich schlage vor, daß ihr das mal überprüft."

„Wird gemacht", versprach Frank.

„Ich habe auch versucht, Conrad Greene zu Hause anzurufen,

um ihn vor dem Abhörversuch zu warnen, aber es antwortet niemand."

„Wir müssen es halt später noch einmal versuchen", schlug Frank vor. „Ich will versuchen, ob ich Red erreichen kann, um ihn über Krassner auszufragen."

Red war zu Hause und war selbst am Telefon. „Meine Güte, Krassner war voll des Lobes über euch", berichtete er. „Ich habe ihn vorhin getroffen. Er erzählte mir, daß ihr ihm bei seinem Anfall geholfen habt."

„Hast du irgendeine Ahnung, worüber er mit uns sprechen wollte?" erkundigte sich Frank.

„Nein. Aber warum kommt ihr nicht einfach morgen im Ballonklub vorbei und fragt ihn? Normalerweise kommt er schon früh. Ich wollte euch sowieso alles zeigen."

„Wird gemacht!"

Gleich nach dem Frühstück am nächsten Morgen machten sich die Hardys auf den Weg zum Klub. Kurz vor Oak Knolls bogen sie von der Hauptstraße ab. Ein schmaler Weg führte durch den Wald auf eine offene Wiese. An der Seite stand ein Gebäude, etwa so groß wie eine Doppelgarage. Eine einzelne große Eiche stand daneben.

Draußen auf der Wiese waren Red Morton und ein anderer Junge gerade damit beschäftigt, die Hülle eines rotgestreiften Ballons auszubreiten. Jan parkte neben dem Klubhaus, und die beiden Jungen gingen zu ihrem Freund hin.

„Hallo!" begrüßte sie Red. „Darf ich euch Ken Flippen vorstellen? Sein Spitzname ist Fearless, weil er so mutig ist."

Frank und Jan gaben dem schmalen etwa sechzehnjährigen Jungen die Hand. Dichtes schwarzes Haar hing ihm über die Augen und von Zeit zu Zeit mußte er sie mit dem Kopf zurückwerfen.

„Freut mich, euch kennenzulernen", erwiderte Fearless und grinste. „Red hat mir einiges von eurer Detektivarbeit erzählt.

Er sagte, ihr seid immer mal mit einem wichtigen Fall beschäftigt. Das ist sicher aufregend!"

Frank blickte Red mit schmalen Augen an. „Was erzählst du denn da ständig?"

„Kann ich mit meinen Freunden nicht ein bißchen angeben?"

„Höchstens ein kleines bißchen", grinste Jan und wandte sich an Fearless. „Glaub bloß nicht alles, was dieser große Affe da erzählt. Übrigens, in welcher Hinsicht bist du denn so mutig, Fearless?"

„Ach, ich weiß nicht."

„Ich kann's euch erklären", mischte sich Red ein. „Als er noch klein war, hat er den Strick eines Ballons festgehalten und wurde in die Luft hochgehoben. Er hing zehn Minuten lang an der Leine, bis der Ballon wieder herunterkam."

Fearless wurde verlegen und Frank spottete: „Du gibst ja schon wieder mit deinen Freunden an!"

Alle lachten und Red meinte: „Fearless weiß eine ganze Menge über Ballons. Der hier gehört seinem Vater. Wir üben das Aufblasen."

Fearless machte es Spaß, den Hardys von seinem Ballon zu erzählen. Er hatte eine Gondel bzw. einen Korb aus Aluminium für zwei Personen und erhielt den Auftrieb durch Heißluft. Zwei Propangastanks, von denen je eine Leitung aus rostfreiem Stahl zu einer Zündflammenanlage auf einem Metallrahmen über der Gondel führte, befanden sich am Boden des Korbes.

„Wenn der Pilot an dieser Leine zieht", erläuterte Fearless, „dann gibt das Druckventil Propan ab, das an der Zündflamme entzündet wird." Er machte es vor, und eine fauchende Flamme schoß nach oben. „Die Flamme geht zu der Öffnung im Ballon", fuhr der Junge fort. „Er hält die Luft drinnen warm oder wärmt sie wieder an, wenn sie abgekühlt ist."

„Toll!" rief Jan begeistert. „Ihr tragt also euren eigenen Heißluftofen mit euch herum!"

„Ja. Der Ballon ist aus feuerfestem Nylon. Wenn also die

Flamme aus Versehen ein Loch in das Material brennt, dann kann auf jeden Fall nicht der ganze Ballon in Flammen aufgehen."

Red und Fearless fuhren fort, Heißluft in den riesigen Ballon einzulassen. „Wenn man langsam herunterkommen will, unterbricht man einfach die Heißluftzufuhr und dann landet der Ballon", fügte Red hinzu.

„Das ist ja eine Menge, was man über Ballonfliegen wissen muß", seufzte Frank. „Wann bekommst du denn deinen Pilotenschein, Red?"

„Vielleicht in einem Monat", antwortete Red stolz.

Jan wechselte das Gesprächsthema. „Wo ist Krassner?"

„Er ist bisher nicht aufgetaucht", erwiderte Red. „Das ist komisch. Ich habe ihn schon früh am Morgen erwartet. Aber vielleicht fühlt er sich nicht wohl. Warum wartet ihr nicht eine Weile?"

Frank schüttelte den Kopf. „Nein, wir haben noch einiges zu tun. Wir treffen ihn dann später."

„So long, Fearless", sagte Jan.

„Kommt mal zu einer Ballonfahrt!"

„Klar."

Die Hardys gingen zu ihrem Auto und schauten kurz zum Ballon zurück, der inzwischen schon halb gefüllt war.

„Red hat wirklich prima Hobbys", meinte Frank neidisch, während sie nach Bayport zurückfuhren, um sich nach der Juwelen-Vertriebsgesellschaft zu erkundigen.

Das Büro lag in der Hafengegend. Ein ziemlich neues, flaches Gebäude. Gegenüber stand ein altes, dreistöckiges, halbverfallenes Haus mit einem Schild: Gefahr! Betreten verboten!

Die Jungen parkten ihr Auto und gingen in die Juwelen-Handelsfirma hinein. In einem Vorraum standen drei Stühle und ein Schreibtisch. Die Tür an der Rückseite des Zimmers öffnete sich und eine Frau kam herein.

„Sind Sie wegen unserer Anzeige hier?" erkundigte sie sich.

Frank zögerte: „Wie? Ja, hm ..."

„Bitte treten Sie ein. Mr. Jervis wird mit Ihnen sprechen."

Im inneren Büro standen vier Ablageschränke, einige Stühle und ein unordentlicher Schreibtisch, hinter dem ein blasser, dünner Mann mit einer dicken Brille saß. Auf einem Namensschild auf dem Schreibtisch stand Reginald Jervis.

„Bitte, setzen Sie sich", sagte er und lächelte liebenswürdig. „Sie sind ziemlich jung, aber wir könnten gerade zwei Leute gebrauchen. Welche Erfahrung haben Sie im Verkauf an der Haustür?" Noch bevor sie antworten konnten, fuhr Jervis fort: „Wir haben eine schöne Auswahl an Schmuck, und wenn es Ihnen gelingt, ihn zu verkaufen, haben wir noch ein anderes attraktives Angebot."

„Wir suchen keine Arbeit, Mr. Jervis", unterbrach Frank schließlich.

„Wie bitte? Warum sind Sie dann hier?" Die Stimme wurde etwas kühler.

„Wir wollten Ihnen einige Fragen stellen."

„Worüber?"

„Über Smith und Jones. Wer sind sie?"

„Habe nie von ihnen gehört!" antwortete Jervis kurz.

„Und Sie haben auch nie etwas von der Firma Eco gehört, nehme ich an", warf Jan ein.

Jervis erhob sich und zeigte zur Tür. „Hinaus!" rief er zornig.

„Sie kennen also Smith und Jones nicht?" fragte Frank noch einmal. „Na ja, es gibt andere Möglichkeiten, etwas über sie herauszufinden."

Die ruhige Gelassenheit der Jungen brachte Jervis in Wut. „Ich habe gesagt raus!" schrie er. „Ich werfe Sie gleich eigenhändig hinaus!"

Der Ballon mit dem Schlangenzeichen

Der Mann schob seinen Stuhl zurück und machte einen Schritt auf Frank und Jan zu.

„Sie brauchen nicht handgreiflich zu werden“, beruhigte ihn Frank. „Wir gehen.“

Im Auto meinte Jan: „Da haben wir aber einen empfindlichen Punkt berührt. Da geht etwas Komisches vor bei der Juwelen-Vertriebsgesellschaft.“

Frank nickte. „Jervis war nervös. Ich bin überzeugt, daß Smith und Jones mit diesem Laden etwas zu tun haben.“

Jan schlug vor, die Verbraucherzentrale aufzusuchen. „Vielleicht wissen die etwas über das Geschäft von Jervis.“

Die Hardys fuhren am Wasser entlang und an einem chinesischen Geschäftsviertel vorbei, das als Klein-China bekannt war. An einer Würstchenbude hielten sie an, aßen eine Kleinigkeit und fuhren dann weiter zur Hauptstraße, wo sich das Büro der Organisation befand.

Sie wurden freundlich von einer Frau empfangen, die die Abteilung für Verbraucherschutz leitete. Auf Franks Frage erklärte sie, daß sie bereits von der Juwelen-Vertriebsgesellschaft gehört hatte. Bei der Organisation waren wegen der aufdringlichen Verkaufsmethoden und der schlechten Qualität der Ware schon viele Klagen eingegangen.

„Dieses Geschäft ist auf unserer Liste“, berichtete die Frau. „Aber bisher haben wir noch nicht genug handfeste Beweise für eine gerichtliche Klage gegen das Unternehmen.

„Ist die Öffentlichkeit gewarnt worden?“ forschte Frank.

„In der Zeitung war ein böser Bericht“, erwiderte die Frau. „Aber sicher haben wenige Leute Notiz davon genommen.“

Wieder zu Hause angelangt erfuhren die beiden Jungen, daß Fenton Hardy auf einen Tip von Polizeichef Collins hin unterwegs war, um einige Leute zu befragen, die von den Schmuckvertretern betrogen worden waren.

„Er kommt später heim", berichtete ihre Mutter.

„Wenn wir nur einen der Vertreter in Aktion beobachten könnten", meinte Frank nachdenklich.

„Das geht vielleicht", erwiderte Tante Gertrud. „Nur müßt ihr vorsichtig sein, denn wenn sie Leute betrügen, weiß man nicht, wozu sie sonst noch fähig sind."

Ihre Neffen blickten sie erstaunt an. „Was meinst du mit ‚das geht vielleicht'?"

„Frau Snyder", sagte Tante Gertrud einfach.

„Was ist denn mit ihr?"

„Frau Snyder – wißt ihr, die, die in der Lincolnstraße wohnt – hat einen Vertreter von der Juwelen-Vertriebsgesellschaft gebeten, sie zu Hause aufzusuchen. Ich habe erst vor ein paar Minuten mit ihr gesprochen. Euer Vater war schon weg. Sie erzählte, ein sehr netter Mann hätte sie angerufen und hätte ihr dafür, daß er ihr seine Ware zeigen darf, ein Paar Ohrringe als Geschenk versprochen."

„Und wann kommt er?" fragte Jan.

„Ich weiß nicht genau. Ihr müßt sie selbst fragen."

„Prima, vielen Dank", lobte Frank seine Tante. „Das könnte eine große Hilfe sein."

Im gleichen Augenblick klingelte das Telefon und Frank hob ab. Es war Krassner, der die Jungen für den Abend in sein Haus in einem Vorort von Bayport einlud.

„Wir kommen", versprach Frank. „Wäre Ihnen halb neun recht?"

„Okay, bis dann."

„Das ist wirklich ein großer Tag für uns", rief Jan. „Komm, Frank, wir haben eine Menge zu tun!"

Die Jungen machten sich gerade auf den Weg zu Frau

Snyder, als Bill Hooper mit seinem Jagdhund Sherlock des Weges kam. Bill, ein Schulkamerad der Jungen, war groß und athletisch gebaut.

„Hallo, Bill", begrüßte ihn Frank. „Führt Sherlock dich spazieren?"

„So ungefähr", gab Bill mit einem freundlichen Grinsen zurück. „Eigentlich wollte ich gerade zu euch, um zu fragen, ob ihr heute abend nach dem Essen Tennis spielen wollt. Tony Prito kommt auch. Wir könnten ein Doppel spielen."

„Tut uns leid", sagte Jan bedauernd. „Wir haben etwas vor."

„Offizielle Sache?"

„Ja. Wir wollen mit einem von Reds Freunden sprechen. Vielleicht hat er einen Fall für uns."

„Meint ihr Krassner, den Ballonfahrer?"

„Woher weißt du denn das?" erkundigte sich Frank überrascht.

„Red war heute mittag hier. Er hält mich über euch immer auf dem laufenden."

Frank lachte. „Typisch Red. Er ist jetzt auch ballonverrückt!"

„Es ist ein prima Sport", stellte Jan fest. „Ich fange an, mich auch dafür zu interessieren."

„Wo geht ihr denn hin?" wollte Bill wissen.

Frank erzählte es ihm.

„Ich begleite euch ein Stück", bot Bill an, als Sherlock an der Leine zog.

Die drei gingen um die Ecke und weiter bis zum fünften Haus auf der rechten Seite. Auf den Stufen am Eingang saß eine riesige gelbbraune Katze. Sherlock stürzte los und riß Bill fast die Leine aus der Hand.

„Halt, Sherlock!"

Der Hund jaulte wehmütig, und die Katze sprang mit einem Satz auf einen Mimosenbaum im Vorgarten.

Der Lärm lockte ein älteres Ehepaar auf die Veranda. Der Mann blickte über den Rand seiner Brille und befahl: „Schafft den Hund weg! Princess hat Angst vor ihm!“

„Tut mir leid, war nicht so gemeint“, entschuldigte Bill sich höflich. „Tschüs, bis später!“

Während er ging, wandte sich Frank an das Ehepaar. „Sie sind die Snyders, nicht?“

Die Frau nickte und zwang sich zu einem Lächeln.

„Wir sind Frank und Jan, die Neffen von Gertrud Hardy. Können wir Sie einen Moment sprechen?“

„Natürlich.“

Frau Snyder ging vor den Jungen ins Haus, während ihr Mann Princess vom Baum holte.

„Wißt ihr, wir lieben Katzen“, erklärte die Frau. „Das heißt aber nicht, daß wir Hunde nicht mögen.“

Erst jetzt fiel den Jungen auf, daß überall im Haus Katzen waren. Sie schienen fast zur Einrichtung zu gehören. Allein im Wohnzimmer sah Frank sechs Stück.

„Bitte setzt euch“, sagte Frau Snyder. „Aber seid vorsichtig mit unseren Tieren.“

Eine der Katzen sprang vom Sofa, wo Frank und Jan sich hingesetzt hatten. Gerade kam Herr Snyder herein, mit Princess auf dem Arm. Er ließ sich in einen dick gepolsterten Sessel fallen und streichelte die Katze auf seinem Schoß.

„Tut uns leid wegen dem Hund“, begann Frank, der wußte, daß dies nicht gerade der richtige Moment war, eine Gefälligkeit zu erbitten.

„Macht euch keine Sorgen. Was können wir für euch tun?“ erkundigte sich Frau Snyder.

„Soviel wir wissen, erwarten Sie den Besuch eines Vertreters von der Juwelen-Vertriebsgesellschaft“, erklärte Frank.

„Ja, er kommt morgen.“

„Sehen Sie, es gab Klagen über diese Firma. Aufdringliche Verkaufsmethoden und schlechte Ware. Es hat eventuell etwas zu tun mit einem Fall, den wir bearbeiten, und wir würden gern hören, was dieser Mann Ihnen vorzuschlagen hat.“

Im gleichen Augenblick fühlte Frank ein schreckliches Kitzeln in der Nase und nieste lauthals. „Entschuldigung."

Herr Snyder nickte. „Und wie wollt ihr das Gespräch belauschen?"

„Wir könnten uns irgendwo verstecken."

„Meine Güte! Ist das nicht gefährlich?" rief Frau Snyder.

„Das glaube ich nicht", wehrte Frank ab. „Auf jeden Fall wären wir hier, um Sie zu beschützen."

„Mir gefällt das nicht", warf Herr Snyder ein.

„Sei nicht so brummig", entgegnete seine Frau. „Was würde Gertrud wohl denken, wenn wir ihren Neffen eine Absage erteilen?"

„Können wir also kommen?" erkundigte sich Frank.

„Natürlich. Der Vertreter wollte um zwei kommen. Am besten kommt ihr also um halb zwei."

Herr Snyder sah nicht sehr erfreut aus, aber er protestierte nicht. Die Jungen bedankten sich und gingen.

Zu Hause lobten Frank und Jan ihre hilfreiche Tante Gertrud. „Wußtet ihr, daß die Snyders das ganze Haus voller Katzen haben?" fragte Jan, als sich die Familie zum Abendessen setzte.

„O ja. Eine davon, mit dem Namen Princess Golden Girl von Bayport, wurde bei einer Katzenausstellung Champion.

Nach dem Essen machten sich die Jungen auf zu Krassners Haus. Es lag in einem waldigen Gebiet etwa dreißig Kilometer außerhalb der Stadt.

Die Sonne war gerade am Untergehen, als sie sich dem Besitz näherten. Plötzlich hörten sie ein seltsames Zischen.

Frank fuhr langsamer. Das Zischen kam nicht vom Auto, sondern schien von oben zu kommen. Beide schauten zum Himmel und sahen erstaunt einen seltsamen Ballon. Heißluft strömte sanft in die Hülle ein und machte ein Geräusch wie Autoreifen auf einer nassen Straße.

„Schau dir die verrückten Farben an!" rief Jan, als der Ballon über den Wald schwebte. Er war grün, blau und gelb gefleckt, und die Zentralfigur war eine bösartig aussehende, sich windende Schlange in den gleichen Farbtönen!

„Da hat jemand eine künstlerische Ader“, meinte Frank bewundernd. „Komm, wir fahren ihm nach, um zu sehen, wo er landet. Er flog ziemlich niedrig.“

„Okay. Wir haben sowieso noch eine halbe Stunde Zeit.“

Sie drehten um und fanden hundert Meter weiter einen schmalen Weg, der in den dichten Wald hineinführte.

Tiefhängende Zweige streiften das Auto, als es vorsichtig auf dem holprigen Pfad in den Wald hineinfuhr. Es war zum Verrücktwerden, wie langsam es vorwärts ging. Aber schließlich erreichten sie eine Lichtung.

An einer Seite stand eine halbzerfallene Scheune, daneben ein kahler rußgeschwärzter Kamin – das war alles, was von einem abgebrannten Bauernhaus übriggeblieben war.

„Schau mal!“ rief Frank. „Da ist der Ballon. Und ihr Bergungsfahrzeug hat es vor uns geschafft!“

Sie sahen auch weshalb. Eine geteerte Straße verlief weniger als hundert Meter entfernt auf der anderen Seite der Lichtung.

Frank und Jan parkten und trotteten zu der Scheune hin. Vielleicht waren die Ballonfahrer auch vom Klub.

Hinter dem alten Gebäude wurde gerade die leere Hülle zusammengepackt. Drei Männer arbeiteten mit großer Hast. Im Nu waren Ballon und Gondel auf dem Wagen verstaut und die Männer sprangen auf.

„Halt, eine Sekunde!“ schrie Frank, während er mit Jan zusammen hinrannte.

Das Fahrzeug fuhr los, und die Jungen riefen noch mal. Aber statt anzuhalten, gab der Fahrer Gas. Frank und Jan wichen bis zum Rand eines Grabens zurück, denn das Ding fuhr geradewegs auf sie zu!

„Verdammt noch mal!“ brüllte Jan. „Sie versuchen, uns zu überfahren!“

„Spring!“ schrie Frank.

Angst macht krank

Mit dem Kopf voraus hechteten Frank und Jan von der Straße weg und landeten in ein paar Dornenbüschen, als das Bergungsfahrzeug vorbeiraste.

Unter Schmerzen kletterte Jan aus dem stachligen Gebüsch und Frank, der sich Dornen aus den Haaren und den Kleidern zog, folgte.

„Hast du zufällig die Autonummer, Jan?"

„Na klar, ich hab sie aufgeschrieben, während ich durch die Luft flog", entgegnete der ironisch. „Frank, glaubst du, die Kerle hatten etwas zu verbergen oder waren sie nur ekelhaft?"

„Ich würde sagen beides."

Sie säuberten ihre zerrupfte Kleidung und kehrten zum Auto zurück.

„Es muß Monate gedauert haben, diesen Ballon zu bemalen", überlegte Frank laut.

„Genau. Vielleicht nehmen sie an einem Wettbewerb für die kunstvollste Ballonbemalung teil. Auf jeden Fall verdient der Kerl hinterm Steuer einen kunstvollen Schlag auf die Nase!"

Jan setzte sich ans Steuer und Frank rutschte neben ihn.

„Au!"

„Was ist denn los?" erkundigte sich Jan.

„Von diesen verdammten Dornen stecken noch einige in meinem Hosenboden!"

Sie fuhren auf der gleichen Straße zurück und kamen zur Hauptstraße, die zu Krassners Haus führte.

„Ich glaube, das ist es", sagte Jan schließlich.

Die Dämmerung war angebrochen, und die Lichter ihres Wagens erhellten ein Bronzeschild, das auf einem riesigen Stein befestigt war und das den Besitz von Albert Krassner kennzeichnete. Eine kiesbedeckte Einfahrt durchzog eine riesige Rasenfläche, die sich wie ein grüner Samtkragen um eine luxuriöse graue Villa schmiegte.

„Ich würde fast sagen, der ist reich", bemerkte Frank trocken. „Der Besitz hier muß ein Vermögen wert sein."

Als der Wagen näher kam, wurde gerade eine malerische Kutschenlampe angemacht, die ein angenehmes gelbes Licht auf die breite Marmortreppe warf, die zur Eingangstür führte.

Jan parkte und sie gingen hinauf. Frank drückte auf den Knopf, der neben der Tür aus Glas und Schmiedeeisen in die Mauer eingelassen war. Ein Dienstmädchen in schwarzem Kleid und gestärkter weißer Schürze öffnete auf das Klingeln hin die Tür.

„Sind Sie die Hardy-Boys?"

„Ja", antwortete Frank.

„Einen Moment bitte. Ich will nachsehen, ob Herr Krassner bereit ist, Sie zu empfangen." Sie führte die beiden in die Halle und stieg eine breite Treppe hoch.

Frank und Jan schauten sich um. Plötzlich flüsterte Jan: „Frank, komm mal hierher!"

Auf einem Tisch bei der Tür stand eine orientalische Vase. Frank ging näher hin. „Das Schlangensymbol! Es sieht fast so aus wie auf diesem Ballon!"

„Ja, sehr ähnlich."

Dann fiel Frank noch etwas anderes auf. Er betrachtete sich einen schönen Pokal. „Hier ist noch was Interessantes, Jan. Herr Krassner ist ein Schachmeister!"

Aus der Inschrift ging hervor, daß der Pokal für den Sieg bei einer regionalen Schachmeisterschaft verliehen worden war.

In diesem Augenblick kam das Dienstmädchen zurück. „Herr Krassner erwartet Sie."

Sie führte die Jungen nach oben und brachte sie in das größte Schlafzimmer, das sie jemals gesehen hatten. Eine Seite war vollkommen mit Spiegeln ausgestattet, in der sich das phantastisch eingerichtete Zimmer spiegelte. Hinten stand ein gigantisches Himmelbett, auf dem auf riesige Kissen gestützt Albert Krassner lag. Er winkte Frank und Jan zu sich her.

„Zunächst einmal möchte ich mich für eure Hilfe bei meinem Anfall bedanken."

„Geht es Ihnen jetzt besser?" wollte Frank wissen.

„O ja. Ich wollte mich nur für ein paar Tage schonen. Die alte Pumpe macht ab und zu Schwierigkeiten, aber ich kann mir die besten Ärzte leisten."

„Da haben Sie aber Glück", stellte Jan fest.

„In dieser Hinsicht ja. Aber Geld ist nicht alles. Das müßt ihr lernen, solange ihr noch jung seid."

„Das finden wir auch", bestätigte Frank lachend. „Uns sind Geheimnisse und Abenteuer lieber."

„Das ist es, worüber ich mich mit euch unterhalten wollte", unterbrach Krassner. „Was ich gerade erlebe, ist eine furchterregende Sache. Ich brauche eure Hilfe."

Frank versuchte, Krassners Nervosität zu zerstreuen. „Da wir gerade von furchterregenden Sachen reden – wir hatten auch ein seltsames Erlebnis auf dem Weg hierher."

„Das stimmt", fügte Jan hinzu. „So ein verrückt aussehender Ballon mit einer phantastischen Schlangenzeichnung darauf flog über unsere Köpfe wie ein zischendes Reptil!"

„Was? Ihr habt es auch gesehen?" Krassners Gesicht wurde kalkweiß.

„Haben Sie wieder einen Anfall?" forschte Frank beunruhigt.

Krassner antwortete nicht. Statt dessen drückte er auf eine kleine Klingel, die halb durch das Laken verdeckt war, und das Dienstmädchen erschien wie ein Geist aus der Flasche.

„Bitte führen Sie die Jungen hinaus", murmelte Krassner leichenblaß. „Ich glaube nicht, daß ich mich heute abend noch weiter unterhalten kann."

„Tut uns leid, falls wir Sie aufgeregt haben", entschuldigte sich Jan.

„Nein, nein. Es hat nichts mit euch zu tun."

Krassner winkte ihnen zum Abschied zu, und die Jungen wurden zur Tür geführt. Als diese hinter ihnen ins Schloß fiel, seufzte Jan: „Ich versteh das nicht. Jedesmal, wenn er uns erzählen will was ihn beunruhigt, regt er sich so auf, daß er es uns nicht mehr sagen kann."

„Er muß diesen Ballon auch gesehen haben, und aus irgendeinem Grund ist er deshalb außer sich vor Angst. Ich möchte gern wissen warum!" überlegte Frank.

„Übrigens, ist er verheiratet? Hat Red irgend etwas erwähnt?"

„Nein. Er sagte nur, Krassner sei reich. Und das war kein Scherz!"

Die Mondsichel stand tief am dunklen Himmel, als die Hardy zu ihrem Auto zurückgingen. Jan fuhr zur Hauptstraße, und sie tuckerten Richtung Bayport. Plötzlich sagte Frank: „Da ist schon wieder das Geräusch!"

Jan nahm den Fuß vom Gas und horchte. Sie schauten nach oben, konnten aber keinen Ballon sehen. Das Geräusch kam vom hinteren Ende ihres Autos!

Jan hielt schnell an und sie sprangen heraus. „Da", sagte Frank und deutete auf das Auspuffrohr. Flammen schossen daraus hervor, begleitet von einem zischenden Geräusch.

„Stell den Motor ab, Jan!"

Aber bevor Jan etwas tun konnte – wumm! Eine Explosion erschütterte den Wagen. Metallstücke fielen klappernd auf die Straße.

„Was um alles in der Welt ist denn da passiert?" schrie Jan.

„Hol die Taschenlampe, dann kannst du's sehen!" antwortete Frank.

Sie krochen unter ihren Wagen und schauten sich den Schaden an. Die Explosion hatte das Auspuffrohr und den Schalldämpfer aufgerissen.

„Sie sind auseinandergeflogen", stieß Frank hervor. „Jemand hat eine Sprengladung in das Auspuffrohr gesteckt!"

Sie hoben einige der Metallstücke auf und warfen sie in den Kofferraum.

„Wer könnte wohl dahinterstecken?“ wunderte sich Jan. „Meinst du, Krassner hat etwas damit zu tun?“

„Möglich“, gab Frank zu. „Oder vielleicht sind uns Jervis oder einer seiner Kumpane gefolgt!“

- „Und was ist mit den Leuten vom Schlangenballon? Bei denen waren wir doch auch nicht allzu beliebt!“

„Nun“, meinte Frank, „Vermutungen helfen uns jetzt auch nicht weiter. Laß uns mal sehen, ob die Kiste noch fährt!“

Der Motor sprang an, aber der Lärm war entsetzlich.

„Das klingt wie ein alter Traktor“, erheiterte sich Jan. „Spring rein, Frank, je schneller wir nach Hause kommen desto besser.“

Die Jungen fuhren weiter durch die Nacht in der Hoffnung, Bayport ohne weitere Zwischenfälle zu erreichen. Während sie durch das Dorf Allendale fuhren, nahm Jan Gas weg, um den Auspufflärm etwas zu dämpfen.

„Hoffentlich wecken wir nicht alle auf“, stöhnte er.

Zwei Meilen weiter hörten sie hinter sich plötzlich eine Sirene. Jan schaute in den Rückspiegel und sah dort das rotierende Licht auf dem Dach eines Polizeiautos.

„Frank, wir kriegen Schwierigkeiten.“ Er fuhr an die Seite, hielt an und stieg aus.

Ein Polizist, kaum älter als sie selbst, entstieg dem Streifenwagen.

Frank und Jan gingen zu ihm hin. „Stimmt etwas nicht?“ erkundigte sich Frank.

Der Polizist schaute grimmig. „Was hattet ihr denn vor?“ schimpfte er. „Den ganzen Ort aufwecken? Ihr seid durchgefahren wie eine Horde Radaubrüder!“

„Ach so“, meinte Frank, „das mit dem Lärm tut uns leid, aber wir hatten Probleme mit dem Auspuff. Genauer gesagt – er ist uns auseinandergeflogen. Wir sind unterwegs nach Bayport, um ihn reparieren zu lassen.“

„Wißt ihr nicht, daß es strafbar ist, ohne Schalldämpfer zu fahren?"

„Doch", erwiderte Jan. „Aber dieses Mißgeschick ist uns gerade erst passiert. Wir halten an der nächsten Tankstelle an."

„Die sind alle zu", entgegnete der Polizist, „und außerdem ist das die beliebteste Ausrede aller Autofahrer!"

„Tja, was sollen wir denn tun?"

„Ich nehme euch mit aufs Revier."

„Wir lügen Sie nicht an", sagte Frank. „Der Auspuff ist eben gerade auseinandergeflogen!"

„Wo ist euer Führerschein?'

Jan gab ihn dem Polizisten. „Hardy", überlegte dieser, „der Name kommt mir bekannt vor."

„Fenton Hardy, der Detektiv, ist unser Vater", erklärte Frank.

„Das nützt euch überhaupt nichts. Meint ihr, das berechtigt euch zu irgendwelchen Privilegien?"

„Wir wollen keine Privilegien. Geben Sie uns doch eine Chance, damit wir diesen Auspuff reparieren lassen können!"

„Das könnt ihr dem Friedensrichter erzählen", kam die unnachgiebige Antwort. „Und jetzt steigt ein in diese Höllenmaschine und fahrt mir nach!"

Verärgert gingen die Jungen zu ihrem Auto und fuhren dem Polizisten bis Allendale hinterher. Er hielt vor einem alten Haus, das als Polizeirevier diente.

Im Innern beleuchtete ein kleines Licht die spärliche Einrichtung. Der Polizist bedeutete Jan und Frank sich hinzusetzen und telefonierte.

Zehn Minuten später kam ein älterer Mann herein. Unter einem leichten Mantel schauten Schlafanzughosen hervor. Er schaute Frank und Jan mißtrauisch an. „Was ist los?" brummte er mißmutig.

„Die Anklage lautet Ruhestörung durch Fahren ohne Schalldämpfer", meldete der Polizist. Den Hardys erklärte er: „Das ist der Friedensrichter."

Ohne sich die Geschichte der beiden anzuhören, sagte der Mann: „Die Strafe beträgt 25 Dollar."

„Aber so viel haben wir nicht dabei!" protestierte Frank.

„Dann müssen wir euch einsperren. Ihr könnt das Auto sowieso nicht mehr fahren. Es muß abgeschleppt werden!"

Jan war wütend. Er wollte gerade etwas sagen, aber Frank hielt ihn zurück, um ihre Lage nicht noch zu verschlimmern.

„Beruhige dich", flüsterte er seinem Bruder zu. Dann wandte er sich an den Friedensrichter. „Meinen Sie nicht, daß das ein bißchen viel ist, Herr Richter? Wir haben nicht genug Geld, um die Strafe zu zahlen und außerdem dürfen wir das Auto sowieso nicht fahren. Was sollen wir denn überhaupt machen?"

„Das ist euer Problem", antwortete der Richter unnachgiebig und winkte ab. „Gesetz ist Gesetz. Ihr bleibt hier, bis die Strafe bezahlt ist." Er drehte sich um und ging hinaus.

„In einem so kleinen Ort haben wir nur eine Zelle", erklärte der Polizist. Beschafft also das Geld oder ihr marschiert da hinein!"

„Kann ich mal telefonieren?" erkundigte sich Frank.

„Natürlich!"

Tante Gertrud war am Apparat. Frank erfuhr zu seinem Entsetzen, daß Fenton Hardy noch nicht zu Hause war. An Franks Tonfall merkte die Tante jedoch, daß irgend etwas nicht stimmte.

„Steckt ihr in Schwierigkeiten?" erkundigte sie sich. „Ja, natürlich. Ich höre es an deiner Stimme. Moment, ich rufe eure Mutter. Laura, geh an den zweiten Apparat, die beiden sitzen in der Klemme!"

Es gab einen Klick und Frank hörte die Stimme seiner Mutter. „Was ist los, Frank?"

„Man hat uns festgenommen!"

Für einen Moment herrschte Stille in der Leitung. „Weshalb denn?" fragte Mrs. Hardy dann zögernd.

„Der Auspuff ist kaputt und das Auto macht einen Mordslärm. Laut Gesetz darf man so nicht fahren."

Frank erklärte, wo sie sich befanden, und seine Mutter meinte bedauernd: „Eine Schande ist so was! Bis nach Hause ist es doch nur eine ganz kurze Strecke!"

„Das ist denen hier egal", erklärte Frank leise. „Wir brauchen 25 Dollar für die Strafe und unser Auto muß abgeschleppt werden."

Jan tippte seinen Bruder an: „Sag Mutter, sie soll sich mit Tony Prito in Verbindung setzen. Er kann das Geld zu Hause abholen und sich den Lastwagen von seinem Vater zum Abschleppen geben lassen!"

Frank nickte und gab die Anweisung weiter.

„Ich rufe Tony sofort an", versprach Frau Hardy.

Der Polizist erlaubte ihnen wenigstens, im Büro zu sitzen und zu warten. Eine Stunde später fuhr draußen ein kleiner Lastwagen vor, dem ihr Freund Tony Prito entstieg.

„Sind wir froh, daß du kommst!" begrüßte Jan ihn. „Das war wirklich ein rabenschwarzer Tag für uns!"

„Tony Prito stets zu Ihren Diensten", feixte Tony und gab ihnen das Geld, mit dem Frank die Strafe bezahlte. Danach befestigten sie ein Abschleppseil zwischen den beiden Wagen und machten sich auf den Heimweg nach Bayport.

Zu Hause bei den Hardys schlug Tony vor: „Bill und ich helfen euch morgen bei der Autoreparatur, okay?"

„Vielen Dank", antwortete Jan. „Wir holen morgen früh gleich die Ersatzteile!"

Fenton Hardy war eine halbe Stunde vor seinen Söhnen nach Hause gekommen und ließ sich von dem seltsamen Ballon, dem merkwürdigen Vorfall bei Krassner und der Sprengladung im Auspuff berichten.

„Dieser Krassner steckt in irgendwelchen Schwierigkeiten", bestätigte Fenton Hardy. „Hat er irgendwie angedeutet, was ihm so zusetzt?"

„Nein, überhaupt nicht, Papa“, erwiderte Frank.

„Tja, ihr beiden, es ist schon nach Mitternacht. Wir legen uns jetzt aufs Ohr und reden morgen weiter!“

Als Frank und Jan am nächsten Morgen mit den Ersatzteilen zurückkamen, warteten Bill und Tony schon. Sie hatten ein paar stabile Wagenheber mitgebracht und so konnten sie gleich mit der Arbeit beginnen.

Mittags machten die Freunde eine halbe Stunde Pause und aßen einen Berg belegter Brote. Dann gingen sie wieder an die Arbeit, aber sie schafften es nicht, bis drei Uhr fertig zu werden.

Jan machte einen Vorschlg: „Frank, wie wär's, wenn du zu den Snyders gingst und wir machen hier weiter?“

„Gute Idee“, stimmte Frank zu. Er duschte, zog sich um und kam schließlich atemlos ein paar Minuten vor der vereinbarten Zeit bei den Snyders an.

„Ich habe ein gutes Versteck für dich“, berichtete Frau Snyder. „Neben der Tür zum Wohnzimmer ist ein Schrank mit Schiebetüren. Da drin kannst du dich verstecken und alles mithören, wenn der Vertreter kommt.“

„Prima“, Frank nickte, „das ist genau richtig!“

Es läutete. „Los, schnell da rein!“ drängte Frau Snyder und ging an die Tür.

Frank schloß die Schiebetür bis auf einen kleinen Spalt, durch den er ins Wohnzimmer sehen konnte.

Der Mann, mit dem Frau Snyder hereinkam, war untersetzt, hatte einen schwarzen Vollbart und stellte sich als Herr Horgan vor.

Frau Snyder bat ihn, auf dem Sofa Platz zu nehmen. Er setzte sich und öffnete seinen Musterkoffer, der eine große Auswahl an Modeschmuck enthielt.

„Hier sind die versprochenen Ohrringe, gnädige Frau“, sagte er. „Ein Geschenk von der Juwelen-Vertriebsgesellschaft!“

Frau Snyder nahm das Geschenk, steckte die Ohrringe an und betrachtete sich begeistert im Spiegel!

„Sie sind sehr schön“, bestätigte Horgan lächelnd. „Bitte schauen Sie sich mal meine anderen Sachen an!“

Die Frau prüfte die verschiedenen Schmuckstücke, die Horgan ihr zeigte. Sie probierte eine Kette, hielt verschiedene Broschen an ihr Kleid und versuchte einige Ringe.

Horgan blickte währenddessen immer wieder nervös herum. Dann stand er auf und ging zum Fenster.

„Erwarten Sie jemanden?“ erkundigte sich Frau Snyder.

„Nein, nein. Ich kann einfach nicht stillsitzen.“ Horgan lächelte. „Haben Sie sich für eines dieser herrlichen Schmuckstücke entschieden?“

Genau in diesem Moment spürte Frank plötzlich eine Bewegung im Schrank! Vorsichtig tastete er mit einer Hand im Dunkeln. Eine Katze strich sanft an seinem Bein entlang!

Du lieber Himmel! dachte Frank. Noch eine. Sogar in den Schränken gibt's hier welche!

Die Katze wollte hinaus und begann an der Tür zu kratzen. Frank nahm sie auf den Arm, weil er glaubte, sie würde dann eher Ruhe geben.

Horgan machte inzwischen Frau Snyder ein völlig neues Angebot. Sie sollte umsonst eine wunderschöne Brosche bekommen, wenn sie bei einem seiner Freunde einen maßgeschneiderten Anzug aus Hongkong für ihren Mann bestellen würde. Er schilderte die Qualität der Maßanzüge in den glühendsten Farben. Schließlich beendete er sein Verkaufsgespräch.

„Sehen Sie, gnädige Frau, die Lohnkosten in Hongkong sind sehr niedrig und die Schneider ausgezeichnet. Mein Freund kann die Maße Ihres Mannes per Luftpost nach Hongkong schicken und in etwa vier Wochen ist der Anzug da!“

„Da muß ich erst meinen Mann fragen“, wehrte Frau Snyder ab. „Einen Augenblick bitte, ich bin gleich wieder da.“

Kaum war er allein, ging Horgan wieder zum Fenster und schaute nervös hinaus.

Frank dachte nach. Die Juwelen-Vertriebsgesellschaft ist wohl in eine neue Branche eingestiegen – Maßanzüge aus Hongkong, überlegte er. Würde mich interessieren, ob das ein legales Geschäft ist. Vielleicht hat es etwas mit dem Schwindelgeschäft zu tun, mit dem Vater sich gerade befaßt. In seiner Nase fing es an zu kitzeln und er unterdrückte ein Niesen.

Unglücklicherweise fiel in diesem Moment auch der Katze ein, daß sie mehr Bewegungsfreiheit brauchte. Jetzt fing sie auch noch an, laut zu miauen! Horgan hob den Kopf und lauschte.

Das Kitzeln in Franks Nase wurde immer schlimmer. Plötzlich war ihm klar warum. Das Katzenfell! Vermutlich war er allergisch dagegen.

Horgan drehte sich um und starrte auf den Schrank. Die Katze krallte sich inzwischen in Franks Arm fest und miaute jämmerlich. Seine Nase kitzelte unerträglich und seine Augen begannen zu tränen. Er hatte das Gefühl, jede Minute ersticken zu müssen. Es hat keinen Zweck, dachte er verzweifelt. Ich brauche Luft.

Laut niesend öffnete er die Schiebetür, die Katze sprang mit einem Riesensatz heraus und landete genau in der Mitte des Wohnzimmers.

Wie von einem elektrischen Schlag getroffen, riß Horgan die Augen auf und die Kinnlade fiel ihm herunter. Ihm wurde klar, daß er belauscht worden war. Er stieß einen wüsten Fluch aus und rannte, ohne sich umzusehen, aus dem Haus.

Ein verwegener Plan

Der Vertreter sprang in sein Auto und raste los. In dem Moment kam Frau Snyder zurück.

„Was ist denn passiert?“ erkundigte sie sich. „Warum ist Herr

Horgan so schnell weggerannt? Und seinen Koffer hat er auch hiergelassen!"

Frank berichtete von der Flucht des Vertreters und zeigte ihr die Kratzer auf seinem Arm.

„Hat Princess das getan? Nein, so was! Ich hole erst mal Jod." Nach ein paar Minuten kam sie wieder und behandelte Franks Arm.

„Was tun wir jetzt mit dem Musterkoffer?" wollte sie wissen.

„Den werde ich mitnehmen. Vielleicht können wir ihn als Beweisstück benutzen", erklärte ihr der junge Detektiv. „Möglicherweise können wir den Vertreter durch seine Fingerabdrückte identifizieren. Ich bin sicher, daß Horgan nicht sein richtiger Name ist."

Frank nahm das Taschentuch hervor und machte damit den Koffer zu. „Wenn er zurückkommt und danach fragt, dann sagen Sie ihm, er würde bei der Juwelen-Vertriebsgesellschaft abgeliefert. Und vielen Dank für Ihre Hilfe, Frau Snyder."

Die Autoreparatur war beendet, als er nach Hause kam, und Bill und Tony waren schon weg. Frank ging nach oben in das gemütliche Arbeitszimmer seines Vaters, der sich gerade mit Jan unterhielt.

„Papa, erzähl Frank, was du herausgefunden hast", drängte Jan.

Fenton Hardy setzte sich in seinem Drehstuhl zurück und lächelte. „Die Betrügereien mit den Anzügen aus Hongkong stehen irgendwie mit dem Verkauf von Schmuck in Zusammenhang. Wenn der Kunde keinen Schmuck kauft, überreden sie ihn, einen Anzug zu bestellen und sich dafür Maß nehmen zu lassen. Dann kassieren sie eine Anzahlung. Der Anzug wird jedoch nie geliefert. Bis der Kunde Lunte riecht, sind die Schwindler über alle Berge."

„Warum grinst du so?" fragte Jan seinen Bruder.

„Ich habe das gleiche herausgefunden."

„Bei den Synders?"

„Ja, ich habe sogar einen Musterkoffer von dem Juwelen-Vertreter!"

„Das könnte endlich ein Anhaltspunkt sein", meinte Fenton Hardy befriedigt.

„Hoffentlich hast du die Fingerabdrücke nicht verwischt!"

„Nein, so was mach ich doch nicht", widersprach Frank.

Jan holte ihre Ausrüstung zum Abnehmen der Fingerabdrücke und begann, die schwarze Oberfläche des Musterkoffers einzustauben. Horgan hatte deutlich erkennbare Abdrücke hinterlassen!

„Die bringen wir zum Polizeipräsidium. Vielleicht kann Polizeichef Collins für uns herausfinden, ob Horgan wirklich der ist, für den er sich ausgibt."

„Warum wollten Smith und Jones, die ja offensichtlich auch etwas mit der Juwelen-Vertriebsgesellschaft zu tun haben, Greenes Telefon anzapfen?" überlegte Frank laut. „Ich sehe da keinen Zusammenhang! Aber es ist sicher wichtig!"

„Wir haben angenommen, daß sie für Jervis arbeiten, weil er sich so seltsam benommen hat, als wir ihre Namen erwähnten, aber vielleicht haben wir uns geirrt." Jan zuckte die Schultern.

„Sie wollten unseren guten Sam Radley im Park-Hotel treffen. Genau da, wo die Juwelen-Vertriebsgesellschaft eine Verkaufssitzung hatte", wandte Frank ein. „Das sind einfach zu viele Zufälle."

„Und dieser Krassner ist auch eine zwielichtige Figur", fügte Fenton Hardy hinzu. „Ihr sagt, er sei auch Schachmeister. Vielleicht gibt es eine Verbindung zwischen ihm und Greene."

Jan seufzte. „Und was ist mit diesen verrückten Ballonfahrern? Und wer hat unseren Auspuff in die Luft gejagt?"

„Lauter Fragen und keine Antworten", resignierte Frank. „Was machen wir als nächstes?"

„Morgen früh bringen wir als erstes die Fingerabdrücke zur Polizei", meinte der Detektiv. „Und dann überwachen wir die Juwelen-Vertriebsgesellschaft."

„Genau gegenüber ist ein leerstehendes Gebäude", schlug Jan vor. „Vielleicht eignet sich das als Beobachtungsposten!"

„Da fällt mir gerade ein, Vater, hast du Conrad Greene vor dem Abhörversuch gewarnt?" erkundigte sich Frank.

„Ich habe es versucht, aber es ist noch niemand zu Hause."

In diesem Augenblick klingelte es an der Tür. Es war Red, der fröhlich verkündete: „Ich habe gute Neuigkeiten!"

„Sag bloß, du hast deinen Ballonflugschein erhalten!" rief Frank.

„Nein, noch nicht. Aber Herr Krassner fühlt sich jetzt besser und möchte euch gern sehen."

„Wann und wo?" wollte Jan wissen.

„Morgen nachmittag im Klubhaus. Könnt ihr das einrichten?"

„Klar, wir kommen."

Am nächsten Morgen brachten die Hardys die Fingerabdrücke zu Polizeichef Collins. Er war ein stämmig gebauter Mann, der sehr bedächtig sprach und mit den Hardys schon häufig zusammengearbeitet hatte.

Als Frank und Jan ihm alles Wesentliche berichtet hatten, gratulierte er ihnen zu ihrer erfolgreichen Detektivarbeit. „Wir wollen jetzt den Musterkoffer zur Juwelen-Vertriebsgesellschaft bringen, um die Reaktion von Jervis zu testen", erklärte Frank. „Ist Ihnen das recht?"

„Sicher. Macht das nur. Falls wir mit den Fingerabdrücken etwas anfangen können, gebe ich euch Bescheid."

Im Büro von Jervis teilte ihnen die Empfangsdame frostig mit, daß der Chef nicht im Hause sei.

„Wir haben etwas, das ihm gehört", meinte Frank. „Wann wird er denn wieder zurück sein?"

„Einen Moment bitte", erwiderte sie und verließ den Raum. Nach ein paar Sekunden kam sie zurück. „Sie haben Glück", verkündete sie, „er ist gerade gekommen!"

Die Brüder gingen in das Büro und stellten den Musterkoffer

direkt vor Jervis auf den Schreibtisch. „Wir dachten, Sie wollten das vielleicht zurückhaben", sagte Frank ernsthaft. „Es muß sehr wertvoll sein."

Jervis schaute gleichgültig in den Koffer. „Das gehört uns nicht", protestierte er.

„Herr Horgan, der mit diesem Koffer eine Kundin besucht hat, behauptete, er sei ein Vertreter der Juwelen-Vertriebsgesellschaft", widersprach Jan.

Jervis war nicht aus der Ruhe zu bringen. „In letzter Zeit haben mehrmals Betrüger versucht, den guten Namen unserer Firma zu benutzen!" behauptete er.

„Und Sie versuchen auch nicht, Maßanzüge aus Hongkong zu verkaufen?" bedrängte ihn Frank weiter.

Jervis verzog kaum merklich seinen Mund. „Natürlich nicht. Und nun raus! Ich habe zu tun!"

Frank und Jan erhoben sich, nahmen den Musterkoffer und gingen zur Tür. Beim Hinausgehen bemerkten die beiden, daß Jervis sofort den Telefonhörer abhob.

„Da kriegt aber jemand was zu hören!" bemerkte Jan grinsend.

„Armer alter Horgan", spottete Frank.

Sie aßen gerade zu Mittag, als Polizeichef Collins anrief. „Horgan ist ein Deckname", berichtete er. „Ihr habt recht gehabt. Der richtige Name des Mannes ist Gerard Henry. Er hat ein langes Vorstrafenregister wegen kleiner Betrügereien."

„Ich hab doch geahnt, daß der was auf dem Kerbholz hat", bekräftigte Frank und erzählte dem Polizeichef von ihrem Besuch bei Jervis. „Wir möchten gern alles über sein Geschäft auskundschaften", fuhr er fort. „Etwas stimmt in dieser Firma ganz und gar nicht. Gegenüber steht ein altes Gebäude, in dem wir ein paar Kameras aufstellen könnten."

„Ihr müßt aber vorsichtig sein", warnte der Polizist. „Das Gebäude ist baufällig. Außerdem scheuchen wir von Zeit zu Zeit Landstreicher und Drogensüchtige hinaus. Die übernachten dort."

„Wir passen schon auf", versprach Frank. „Danke für Ihre Hilfe."

Die beiden informierten ihren Vater vom Stand der Dinge und von ihrem Vorhaben, in dem Gebäude Geräte für eine Überwachung aufzustellen.

„Wir würden gern sofort damit anfangen", erklärte Frank, „aber wir haben heute nachmittag eine Verabredung mit Krassner."

„Ich kann auch nicht einspringen", bedauerte Fenton Hardy. „Ich habe eine Sitzung. Aber vielleicht könnte uns Sam Radley helfen."

Der Mitarbeiter von Fenton Hardy war sofort bereit, die Überwachung zu übernehmen. Er war an derartige Blitzaufträge gewöhnt.

Frank und Jan machten ihre Filmkamera und einen Fotoapparat mit Teleobjektiv einsatzbereit, nahmen noch zwei Funksprechgeräte und einen Klappstuhl mit und fuhren zusammen mit Sam zu dem alten, baufälligen Haus.

Sie parkten in einer Straße hinter dem Gebäude und näherten sich auf einem kleinen Verbindungsweg vorsichtig dem Hintereingang.

„Dieser Kasten ist wirklich in katastrophalem Zustand", bemerkte Sam, während sie sich durch eine kaputte Tür zwängten, die zu einer halbzerfallenen Treppe führte.

„Das riecht ja schon ganz vermodert", stellte Jan fest, als ihm der Fäulnisgeruch in die Nase stieg.

Sie kletterten bis zum dritten Stock hinauf und fanden alles unbewohnt vor. Sam Radley überprüfte die Lage der Fenster und fand schließlich eines, das für ihre Zwecke geeignet war. „Das hier ist ein brauchbarer Platz", meinte er, und die Brüder stimmten ihm zu.

Sie bauten die Kameras auf und stellten sie so ein, daß sie den Eingang zur Juwelen-Vertriebsgesellschaft klar im Bild hatten.

„Mach ein Foto von jedem der kommt oder geht", bat Frank.

„Wir sind bald wieder zurück!"

„In Ordnung!" Radley rückte sich den Klappstuhl zurecht und hob zum Abschied die Hand.

Als die jungen Detektive im Ballonklub ankamen, wurden sie schon ungeduldig von Krassner und Red erwartet.

„Ich bin wirklich froh, daß ihr gekommen seid", begrüßte sie Krassner.

„Sie sehen aber wieder gut erholt aus", bemerkte Frank.

„So ist das immer. Diese Anfälle werfen mich für ein paar Tage um, aber dann rapple ich mich wieder hoch!"

„Wir haben geglaubt, Sie hätten sich über diesen Schlangenballon so aufgeregt", erklärte Jan.

Krassner lächelte. „Nein, nein. Das hatte nichts zu bedeuten."

„Wir haben eine gewisse Ähnlichkeit zwischen der Zeichnung auf dem Ballon und der Schlange auf Ihrer Vase bemerkt", entgegnete Frank.

„Ihr meint die in der Eingangshalle?"

„Ja, genau."

„Ach so. Das ist eine echte chinesische Antiquität. Dieses Motiv wurde sehr häufig verwendet. Moment mal, ich sehe gerade, daß Fearless den Ballon seines Vaters aufblasen will. Red, schaust du schnell, ob er Hilfe braucht?"

„Klar", antwortete Red eifrig und rannte los.

Zu den Hardy-Boys gewandt fuhr Krassner fort: „Ich wollte mit euch allein über mein Problem reden. Zur Polizei will ich nicht gehen. Sobald nämlich die Zeitungen davon Wind bekommen, wird in der Öffentlichkeit eine Menge Staub aufgewirbelt. Und als Geschäftsmann kann man sich so was nicht leisten!"

„Sagen Sie uns doch genau, was für ein Problem Sie eigentlich haben!" verlangte Frank.

„Ich befinde mich in Lebensgefahr!" antwortete Krassner

ruhig. Man droht, mich umzubringen, falls ich den Rubin-König nicht herausgebe!"

„Der Rubin-König? Was ist denn das?" Frank versuchte seine Überraschung zu verbergen.

„Der Rubin-König ist eine sagenhaft wertvolle alte Schachfigur", erklärte Krassner. „Ein herrliches Kunstwerk, das vor Jahrhunderten in China angefertigt wurde. Er ist mit burmesischen Rubinen besetzt und war Teil eines Schachspiels, das extra für einen der damaligen Kriegsherrn angefertigt wurde."

„Wo befinden sich denn die anderen Figuren?" unterbrach Jan.

„Alle weg. Verschwunden im Nebel der Antike!" seufzte Krassner in einem Anflug von Poesie. „Das ist einer der Gründe, warum der Rubin-König so wertvoll ist."

„Und Sie sind jetzt der glückliche Besitzer?" forschte Frank.

„Ja, aber er gehört mir eigentlich nicht richtig." Krassner erklärte, daß er einer Vereinigung reicher Schachenthusiasten angehörte, die den Rubin-König in China erworben hatten. „Wir wollen ihn dem Gewinner der Schachweltmeisterschaft als Preis verleihen. Bis dahin ist er in meinem Safe eingeschlossen."

Frank und Jan hatten von dieser Meisterschaft, die im folgenden Monat in Hongkong stattfinden sollte, gehört. Der amerikanische Schachmeister Conrad Greene sollte gegen den koreanischen Meister Chan Loo Duc antreten.

War es möglich, daß eine Verbindung bestand zwischen dem wertvollen Rubin-König und dem Versuch, Greenes Telefon abzuhören?

Auf alle Fälle wollte jemand die Schachfigur um jeden Preis an sich bringen!

„Meinen Sie nicht, daß Ihr Safe doch kein so sicherer Aufbewahrungsort ist?" wollte Frank wissen. „Wäre ein Bankschließfach nicht besser geeignet?"

„Mein Safe ist sehr stabil", widersprach Krassner. „Aber ich möchte, daß dieses Gespräch unter uns bleibt. Nur wenige

Leute wissen, wo der Rubin-König aufbewahrt wird."

„Aber die Leute, die Sie bedrohen, müssen es auch herausbekommen haben", wandte Jan ein.

„Das ist es ja gerade, was mich beunruhigt. Ich möchte gern, daß ihr mir im Notfall auf Abruf zur Verfügung steht."

Frank hatte auf einmal einen bestimmten Verdacht gegen Krassner. Warum würde ein reicher Finanzmakler ausgerechnet die Hardys um Schutz bitten, wenn er sich doch eine komplette Wach- und Schutzorganisation leisten konnte?

Er richtete die Frage an Krassner, worauf dieser erklärte: „Wißt ihr, mit einer Armee von Leibwächtern könnte ich nicht leben. Die Presse würde das sofort aufgreifen mit allen möglichen Spekulationen und Anspielungen." Er lächelte und fuhr fort: „Außerdem weiß ich von eurem Freund Red Morton, daß ihr bisher alle Aufträge zur vollsten Zufriedenheit eurer Auftraggeber ausgeführt habt."

„Keine Komplimente, bitte!" wehrte Jan ab. „Red übertreibt oft!" Er lächelte verlegen. „Wir werden natürlich unser Möglichstes tun, um Ihnen zu helfen."

„Aber zuerst möchten wir einmal diesen Rubin-König sehen", warf Frank ein.

„Gut, ich lasse euch sobald wie möglich zu mir kommen. – Ah, da ist ja wieder Red."

Der stämmige Junge kam geradewegs auf die drei zu. „Was halten Sie von einer kleinen Ballonfahrt, Herr Krassner?" fragte er.

„Genau das hatte ich vor."

„Prima. Am besten nehmen Sie Frank und Jan mit und Fearless kommt mit mir!"

„Mensch, das wird toll!" Jan war begeistert. Eine Ballonfahrt hatte er sich schon lange gewünscht.

„Wart ihr noch nie da oben?" erkundigte sich Krassner jovial und deutete zum Himmel.

„Nur mit dem Flugzeug", antwortete Frank. „Wir haben

beide den Pilotenschein und benutzen auch manchmal die Maschine unseres Vaters. Sie steht auf dem Flugplatz von Bayport.

„Ich bin sicher, daß diese Art der Fortbewegung durch die Lüfte euch gefallen wird. Kommt, wir machen alles startklar!" forderte Krassner sie auf.

Alle packten mit an. Krassner bestellte telefonisch zwei Begleitfahrzeuge, während die Freunde die Hüllen aufbliesen. Einige Zuschauer von den benachbarten Bauernhöfen hatten sich inzwischen versammelt, um den Start der zwei Ballons aus der Nähe zu betrachten.

„Die können die Bodenleinen für uns festhalten!" schlug Fearless vor. „Das macht auch Spaß!"

Während die Heißluft fauchend in die Hüllen einströmte, unterhielten sich die Jungen übers Ballonfahren. Es zeigte sich, daß Red praktisch alles über die Geschichte des Ballonsports wußte. Er berichtete, daß zwei Franzosen, die Brüder Montgolfier, den Ballon konstruiert hatten, der beim ersten bemannten Flug über Paris benutzt wurde. Das war im Jahr 1783!

„Seither haben Luftfahrer eine Menge verschiedener Abenteuer bestanden", erzählte Red weiter. „Wußtet ihr zum Beispiel, daß Napoleon Ballons benutzt hat, um Feinde heimlich aus der Luft zu beobachten? Auch während des amerikanischen Bürgerkriegs wurden sie häufig eingesetzt. Und ein Mann namens Andrée hat sogar versucht, den Nordpol in einem Riesenballon zu überfliegen!"

„Hat er es geschafft?" erkundigte sich Jan.

Red schüttelte traurig den Kopf. „Nein, leider nicht."

„So, Männer", rief Krassner ihnen zu, „wir sind gleich fertig!" Er überprüfte zusammen mit Fearless noch Funkgeräte und Höhenanzeiger. Die Pyrometer, die zur Temperaturkontrolle in den Hüllen dienen, funktionierten ebenso einwandfrei wie die Variometer, die die Steiggeschwindigkeit anzeigen.

Inzwischen waren auch die zwei Begleitfahrzeuge angekommen. Die Zuschauer waren begeistert, als die fünf in die Körbe kletterten. Sie hielten die Halteleinen fest, bis Fearless das Kommando gab: „Leinen los!"

Als die beiden Fahrzeuge aufstiegen, herrschte das denkbar schönste Wetter. Der Himmel war strahlend blau und es war fast windstill. Die riesengroßen Erkennungsnummern an den Seiten der Ballons waren in der Spätnachmittagssonne klar zu sehen.

Frank, der neben Krassner stand, hatte sich im Flugzeug noch nie so glücklich und schwerelos gefühlt. Die Erde schien von ihnen abzufallen, und sie schwebten in eine friedliche Welt voller Ruhe und Harmonie. Ein herrliches Gefühl!

Die winkenden Zuschauer unter ihnen wurden immer kleiner. Eine sanfte Brise trieb die Ballons vorwärts und auch die Begleitfahrzeuge machten sich auf den Weg.

Krassner und die Hardys beobachteten den zweiten Ballon, während sie immer höher stiegen. Sie schwebten über eine Farm. Drei Hunde schauten nach oben und bellten wie verrückt. Frank war erstaunt, daß man das Gebell in dieser Höhe noch hören konnte.

„Gefällt es euch?" wollte Krassner wissen, der sich gerade mit dem Fernglas die Landschaft anschaute.

„Noch nie im Leben habe ich mich so wohl gefühlt!" rief Jan begeistert. „Vielen Dank für dieses phantastische Erlebnis!"

„Schon gut, schon gut!" Krassners Gesicht war ungewohnt heiter und gelassen. „Beim Ballonfahren kann man alle seine Sorgen vergessen!"

Franks Gehirn aber befand sich trotz des herrlichen Fluges in höchster Aktivität. Er suchte im Geist unentwegt die fehlenden Verbindungsstücke dieser ganzen Geschichte. War der Rubin-König vielleicht in China gestohlen und herausgeschmuggelt worden? Wollte Krassner deshalb die Polizei aus dem Spiel lassen?

Während sie geräuschlos dahinschwebten, beobachteten die

Hardy-Boys aufmerksam die unbewohnte Waldgegend. Der Ausblick war vollkommen anders als von einem schnellen Flugzeug aus.

Plötzlich meldete sich krächzend das Funksprechgerät: „Frank, hier Red, kannst du mich verstehen?"

„Ja! Tolle Fahrt, nicht?"

„Hör zu! Da ist noch ein anderer Ballon in der Luft!"

„Wo?"

„Südsüdwest!"

Frank schaute in die angegebene Richtung. „Ja, ich seh ihn!"

„Sieh ihn dir mal genau an!" forderte Red ihn auf.

Frank bat Krassner um das Fernglas und richtete es auf den dritten Ballon, der rasch näher kam. Es war der Schlangenballon! Er informierte rasch Krassner, in dessen Gesicht sich sofort wieder Anspannung und Angst widerspiegelten.

Red war noch mal zu hören: „Achtung! Behaltet die Schlange im Auge! Die sind bewaffnet!"

Hastig richtete Frank das Fernglas auf die Gondel des Schlangenballons. Drei Männer waren dort zu sehen – einer von ihnen hatte ein Gewehr. Es folgte ein kurzes Aufblitzen an der Gewehrmündung und eine Kugel pfiff über ihre Köpfe.

„Die schießen auf uns!" schrie Krassner entsetzt.

„Volle Deckung!" befahl Jan. „Wir müssen so schnell wie möglich landen!"

Frank gab zu Red durch: „Wir gehen runter. Ihr kommt am besten auch!"

„Verstanden!"

Frank bewunderte Krassner, der sich inzwischen wieder in der Gewalt hatte und seine Fähigkeiten als Luftfahrer bewies. Er öffnete das Luftventil, und der Ballon verlor schnell an Höhe. Jetzt war der Schlangenballon nicht mehr weit. Drei weitere Schüsse waren zu hören, aber der schnell sinkende Ballon bot ein schwer zu treffendes Ziel. Dennoch durchschlugen zwei Kugeln die Ballonhülle.

Etwas stärkerer Wind kam auf. Frank sah, daß sie auf einen kleinen Bauernhof am Waldrand zutrieben. Es gab dort eine freie ebene Stelle, die durch einen kleinen Teich auf der einen und Elektrizitätsleitungen auf der anderen Seite begrenzt war.

Fearless und Red befanden sich dicht hinter ihnen, der Schlangenballon machte jedoch keine Anstalten, ihnen zu folgen. Während die Angreifer langsam verschwanden, sprach Frank noch einmal mit Red.

„Hast du die Nummer des Schlangenballons feststellen können?"

„Ja. Aber Fearless meint, daß sie gefälscht ist. Aber stell dir das mal vor – der Ballon hatte einen kleinen, vermutlich batteriebetriebenen Propeller. Deshalb hat er uns einholen können!"

„Wir sollten die Polizei verständigen!"

„Hab ich schon gemacht", bestätigte Red. „Ich habe mich mit den Bergungsfahrzeugen in Verbindung gesetzt und sie gebeten, die Polizei anzurufen."

„Gut gemacht, Red. Wir landen jetzt. Bis später!"

Krassner ließ das Fahrzeug bis zur Mitte des Feldes treiben, während einige Bauernkinder aus dem Haus gerannt kamen, um bei der Landung dabeizusein. Die Elektrizitätsleitungen links von ihnen und der Teich rechts von ihnen schienen in sicherer Entfernung zu liegen.

„Sie sind ein hervorragender Pilot, Herr Krassner", stellte Jan fest.

„Wir sind noch nicht unten!" winkte Krassner ab. „Oje, ich glaub, das geht schief!"

Ein plötzlicher Aufwind hatte den Ballon erfaßt und trieb ihn auf die Elektrizitätsleitungen zu. Frank und Jan wurde es himmelangst, als sie die Leitungen immer näher kommen sahen.

„Das Druckventil!" schrie Krassner in diesem Moment. „Über deinem Kopf, Jan, zieh!"

Jan griff schnell nach oben und zog an dem Griff, worauf zischende Flammen in die Hülle schossen. Aber nichts geschah.

„Es funktioniert nicht!“ rief Frank verzweifelt.

„Doch, doch, ich hoffe jedenfalls, daß es noch rechtzeitig klappt.“ Krassners Erfahrung und Ruhe übertrug sich auf die Hardy-Boys. Ein paar Sekunden, die wie eine Ewigkeit schienen, verstrichen, doch dann geschah es! Der Ballon wurde plötzlich angehoben, und die Gondel schwebte im Abstand von kaum einem halben Meter über die Stromleitungen hinweg!

Krassner sah plötzlich im Gesicht völlig eingefallen aus. Die Gefahr war überstanden, und Frank stieß einen Seufzer der Erleichterung aus.

Jan schüttelte den Kopf. „Beinahe wären wir elektrisch gegrillt worden!“ stöhnte er und brachte ein verkniffenes Grinsen zustande.

Jetzt sank der Ballon und landete sicher neben dem Bauernhaus. Sie sprangen alle schnell aus dem Korb und rannten von dem in sich zusammenfallenden Ballon weg.

In diesem Augenblick sahen sie den zweiten Ballon von Fearless und Red, der genau über dem Teich mit zunehmender Geschwindigkeit herunterkam.

Platsch!

Die Gondel mit Red und Fearless klatschte auf die Wasseroberfläche, wie eine zurückkehrende Raumkapsel bei der Landung.

Gefährlicher Auftrag

Frank und Jan rannten auf den Teich zu, ein Junge und zwei Mädchen von dem Bauernhof folgten ihnen. Als sie den Rand des Gewässers erreichten, kam Fearless prustend auf sie zugeschwommen.

„Was ist mit Red?“ brüllte Frank.

Fearless schaute sich um, wendete und schwamm so schnell

er konnte auf die Stelle zu, wo der Korb eingetaucht war. Gleichzeitig hechteten die Hardy-Boys ins Wasser. Mit kraftvollen Schwimmzügen erreichten sie die Stelle nur Sekunden später.

Die drei Bauernkinder rannten inzwischen zu einem kleinen Anlegesteg und sprangen in ein Ruderboot.

„Los, Jenny, Wendy, macht schnell“, rief der Junge, „vielleicht können wir den Ballon für uns behalten, wenn wir ihn rausholen!“

„Sei doch nicht so albern!“ rief seine ältere Schwester zurück, während sie das Boot ins Wasser schoben. „Komm, Wendy, wir nehmen die Ruder!“

In dem klaren Wasser sahen Frank und Jan, wie sich Fearless verzweifelt bemühte, Reds Fuß aus einem Knäuel von Stricken zu befreien. Mit vereinten Kräften gelang es ihnen schließlich, den halb bewußtlosen Red an die Oberfläche zu bugsieren.

Im Nu war er an Land gebracht und aufs Gras gelegt, wo er nach Luft schnappend liegenblieb.

„Du hast eine Menge Wasser geschluckt. Bleib noch eine Weile still liegen, riet Frank und beugte sich über den Freund. Plötzlich hörten sie ein schwaches Rufen: „Eine Pille! Gebt mir eine Pille!“

Jan rannte zu Krassner. Hilflos lag er am Boden und stöhnte. Es war doch zuviel Aufregung für sein schwaches Herz gewesen. Jan verabreichte ihm in aller Eile seine Medizin. Schon Minuten später richtete sich Krassner wacklig auf. „Jemand hat es auf mich abgesehen!“ sagte er mit schwacher Stimme. „Mein Herz macht nicht mehr lange mit bei diesem Terror!“

„Machen Sie sich keine Sorgen, Herr Krassner“, versuchte Jan ihn zu beruhigen. „Wir werden die Sache restlos aufklären!“

Während sich die Kinder von dem Bauernhof mit der Bergung der gesunkenen Gondel und der leeren Ballonhülle beschäftigten, diskutierten die Ballonfahrer über ihr beängstigendes Erlebnis. Jan war überzeugt, daß die Schlangenbande lediglich vorhatte, Krassner Angst einzujagen.

„Mit dem Zielfernrohr hätten sie niemals danebengeschossen", begründete er seine Meinung, „und obwohl sie die Möglichkeit hatten, haben sie uns nicht weiterverfolgt, als wir runtergingen!"

„Du könntest recht haben", stimmte Frank zu.

„Also, wenn sie mir einen Schreck einjagen wollten, dann haben sie gute Arbeit geleistet!" meinte Krassner bitter.

„Ich frage mich nur, was diese Kerle eigentlich gegen Sie haben?" Fearless schüttelte den Kopf.

Krassner ging nicht weiter darauf ein, und die Jungen machten sich an die Arbeit. Zuerst legten sie Krassners Ballon zusammen und halfen dann Jenny, Wendy und Kurt, den anderen Ballon ans Ufer zu ziehen.

„Wo sind denn eure Eltern?" erkundigte sich Jan.

„Sie sind mit dem Lieferwagen in die Stadt gefahren", antwortete Kurt. „Die werden staunen, wenn sie erfahren, was sich hier abgespielt hat! Gehen Fundsachen eigentlich nicht in den Besitz des Finders über?" erkundigte er sich dann mit spitzbübischem Grinsen.

Fearless mußte lachen. „Das ist doch kein Spielzeug! Aber wie wäre es mit einer Ballonfahrt nächste Woche als Belohnung?"

„Das wäre natürlich was!" Wendys Augen glänzten.

„Schaut mal, da kommt die Polizei." Jenny zeigte den Weg hinunter.

„Ja, wir haben sie über Funk gerufen!" erklärte Red.

Zwei Streifenwagen fuhren nahe an den Teich heran und hielten. Zwei Polizisten in Uniform nahmen alles auf, was sie von den Ballonfahrern über den Überfall in der Luft erfahren konnten. Die Kinder erzählten, daß ihnen der seltsame Schlangenballon im letzten Monat vier- oder fünfmal aufgefallen war.

Aber niemand wußte etwas über die Besitzer des Ballons oder warum sie auf Krassner geschossen hatten. Krassner verlor jedoch kein Wort über die wertvolle Juwelen-Figur, den Rubin-König.

Einige Minuten später erschienen die Begleitfahrzeuge und übernahmen die ganze Ausrüstung. Die Dämmerung war schon angebrochen, als sie schließlich wieder im Ballonklub eintrafen und alles verstauten.

„Bis bald!“ rief Jan und ging mit Frank zum Auto.

„He, wartet, ich komme mit“, wandte Red ein. „Ich möchte gern das Donnerwetter miterleben, das ihr von eurem Vater zu hören bekommt.“

„Du solltest heimgehen und dich in die Falle legen“, widersprach Jan. „Du hast heute schon genug hinter dir!“

„Nein, mir geht's wieder ausgezeichnet! Ich rufe meine Eltern an, damit sie sich keine Sorgen machen.“

Red fuhr den Hardys nach. Als die beiden Autos in die Einfahrt bogen, kamen ihnen Mrs. Hardy und Tante Gertrud entgegen.

„Wir haben uns zu Tode geängstigt“, schimpfte Mrs. Hardy. „Wir haben im Radio gehört, daß ein paar Ballonfahrer einen Luftkrieg veranstaltet haben!“

„Ihr wart doch bestimmt dabei! Mir könnt ihr nichts vormachen!“ Tante Gertrud blickte sie durchdringend an und drohte mit dem Finger. „So, und nun erzählt ihr uns alles!“

„Ach so, die Polizei hat die Sache wohl schon bekanntgegeben“, mutmaßte Frank und erzählte kurz das Wichtigste. „Wo ist denn unser Vater?“ fragte er dann.

„Er sucht euch natürlich“, entgegnete Laura Hardy.

„Hat er noch mit Sam Radley gesprochen, bevor er ging?“

„Ja, Sam scheint bei der Überwachung erfolgreich gewesen zu sein.“

„Dann sollten wir sofort Kontakt mit ihm aufnehmen“, schlug Jan vor. Sie benutzten das Funkgerät in ihrem Auto, erhielten aber keine Antwort. Sie versuchten es noch mal – wieder nichts!

„Entweder ist sein Gerät kaputt, oder irgendwas ist passiert!" Frank schien beunruhigt.

Red suchte inzwischen im Haus nach etwas Eßbarem. Doch Tante Gertrud hatte schon an das leibliche Wohl der Jungen gedacht und in weiser Voraussicht leckere Schinkenbrote für sie vorbereitet. Nachdem Red seine Eltern angerufen hatte, schlug er vor: „So, jetzt wird erst mal was gegessen!"

„Da täuschst du dich gewaltig!" kam es von Jan zurück. „Wir müssen sofort zu Sam Radley, unserem Beobachtungsposten, da stimmt was nicht!"

„He, wartet!" Red schnappte sich eine Handvoll Brote und zwängte sich auf den Rücksitz.

Während der Fahrt aßen sie schweigend ihre Brote. Als sie auf der Straße hinter dem alten Haus ankamen, schaltete Frank die Scheinwerfer aus, und sie näherten sich vorsichtig dem Hintereingang, wobei sie ihre Taschenlampen nur so wenig wie möglich benutzten. Sie stiegen die baufällige, quietschende Treppe hinauf. In der heruntergekommenen Behausung roch es feucht und unangenehm. Nicht der geringste Laut war zu hören.

Im dritten Stock leuchtete Frank in den Raum, in dem Sam seinen Posten bezogen hatte.

Entsetzt blieben sie stehen. Sam lag regungslos am Boden, mit einer klaffenden Wunde an der Schläfe.

„Ich glaube, er ist tot!" stieß Red entsetzt hervor.

„Er atmet noch!" beruhigte Frank seinen Freund. Die Hardys leisteten Erste Hilfe. Frank stellte fest, daß das Blut um die Wunde herum bereits geronnen war. „Das muß schon vor einiger Zeit passiert sein." Er riß ein Stück von seinem Hemd ab und zerteilte es noch mal in schmale Streifen. Während er Sam einen Verband anlegte, stöhnte der und seine Augenlider begannen, unregelmäßig zu zucken.

„Er kommt zu sich!" rief Jan. „Bleib liegen, Sam. Wir bringen dich in eine Klinik. Du darfst jetzt nicht aufstehen."

Frank wandte sich an Red: „Nimm meine Taschenlampe und pack die Ausrüstung zusammen, während wir Sam zum Wagen bringen!"

„Kommt ihr noch mal zurück?"

„Klar! Du kannst sowieso nicht alles allein tragen!"

Red hörte, wie ihre schweren Schritte verklangen, dann schaltete er seine eigene Lampe ein und schaute nach den Kameras.

„So ein Mist!" brummte er. „Ich sehe alles, bloß keine Kameras. Bestimmt sind die geklaut worden!"

Auf allen vieren tastete er so lange den Boden ab, bis er etwas spürte. Es war eine alte, herausgebrochene Tür, die in einer Ecke an der Wand lehnte. Red hob sie etwas an. Darunter lag tatsächlich der Fotoapparat mit dem weit hervorstehenden Teleobjektiv!-

Sam hatte wahrscheinlich gerade noch Zeit, sie zu verstecken, überlegte er. Plötzlich erstarrte er mitten in der Bewegung. Waren das nicht Stimmen, die er da unter sich hörte?

Er rührte sich nicht von der Stelle und hielt den Atem an. Nun konnte er es deutlich hören – es waren Stimmen, aber nicht die von Frank und Jan. Leises Flüstern, unterbrochen von ärgerlichen Flüchen drang zu ihm herauf. Dann war es auf einmal totenstill, bis er wieder Schritte hörte. Die Hardys kommen zurück! dachte Red erleichtert. Doch da ging es los! Lautes Geschrei, Poltern und Schläge vermischten sich in dem Gebäude zu einem Höllenlärm.

Red schnappte den Fotoapparat und flitzte nach unten bis zum zweiten Stockwerk. Zu seinem Entsetzen lagen dort Frank und Jan ganz benommen auf dem schmutzigen Fußboden.

Die Hardys kamen langsam wieder auf die Beine. „Mann, ein Blitzkrieg ist gar nichts dagegen!" stöhnte Frank und rieb sich den Kopf.

„Wie viele waren es denn?" erkundigte sich Red.

„Vier von diesen Dreckskerlen!"

Jan betastete prüfend seine Kinnlade und bewegte sie hin

und her. „Scheint nichts gebrochen zu sein. Aber meine Brieftasche ist weg! Und meine Uhr!"

„Meine auch!" schimpfte Frank. „Diese Ratten! Vermutlich sind es dieselben, die Radley niedergeschlagen haben!"

„Hier, der Fotoapparat war unter einer Tür versteckt, aber die Filmkamera ist weg!" Red gab ihnen den Apparat.

Es war ihnen klar, daß es keinen Zweck hatte, die Kerle im Dunkeln zu verfolgen, da sie schon zuviel Vorsprung hatten. So stiegen sie die Treppe hinunter, um sich auf den Heimweg zu machen. Sie waren fast unten, als es geschah: Zuerst war ein unheilvolles Knarren in dem alten Gebäude zu vernehmen, dann rieselte auch schon Verputz auf ihre Köpfe herab und eine Wand des Treppenhauses schwankte bedrohlich!

„Rennt so schnell ihr könnt!" schrie Red und stemmte sich gegen die Wand. „Ich halte sie, bis ihr draußen seid!"

Ohne eine Sekunde zu verlieren, stürmten sie zum Hintereingang hinunter. Dann stieß sich Red mit den Schultern von der Wand ab und machte einen Satz – doch er schaffte es nicht! Mauerteile und Balken stürzten auf die Treppe und blockierten sie.

Mit Entsetzen sahen Frank und Jan, daß ihr Freund von Schuttmassen begraben war. Nur sein Kopf schaute noch heraus!

Staub und Dreck brachten Red zum Husten, aber er schaffte es noch, ihnen zuzurufen: „Hilfe! Ich bin eingeklemmt!"

„Halte durch, wir holen dich raus!" schrie Jan.

Verzweifelt versuchten sie, die Trümmer aus dem Weg zu räumen, doch sie kamen kaum voran! Sie brauchten Hilfe! Jan blieb bei Red, während Frank zum Auto rannte. Auf dem Weg zur nächsten Notrufsäule erzählte er Sam Radley, der hinten im Auto lag, was passiert war.

„Ich rufe die Polizei an und bring Sie dann ins Krankenhaus", sagte ihm Frank. „Wie geht es Ihnen jetzt?"

„Nicht besonders", erwiderte Radley schwach.

„Übrigens ist die Filmkamera verschwunden. Der Fotoapparat lag unter einer Tür."

„Ja, den hab ich dort versteckt."

„Haben Sie Aufnahmen gemacht?"

„Eine ganze Menge. Hoffentlich könnt ihr was damit anfangen."

Schon wenige Minuten danach waren Polizeichef Collins und die Feuerwehr mit heulenden Sirenen unterwegs zu dem zerstörten Haus, wo sich die Männer dann vorsichtig einen Weg durch die Schuttmassen bahnten.

Eine halbe Stunde später kam auch Frank zurück und beteiligte sich zusammen mit seinem Bruder unter Anleitung des Feuerwehrchefs an der Rettungsaktion. Riesige Scheinwerfer erhellten die Szene.

„Die Situation ist äußerst kritisch", erklärte der Verantwortliche. „Eine falsche Bewegung und die ganze Ruine fällt in sich zusammen!"

Reds Mut begann langsam zu sinken, als die Arbeit nur im Schneckentempo voranging.

„Mein Arm tut furchtbar weh", jammerte er. „Vielleicht ist er gebrochen. Ich glaube, du solltest meine Eltern anrufen, Frank!"

Eine halbe Stunde später trafen Mr. und Mrs. Morton ein, begleitet von Reds jüngerer Schwester Anne. Anne war ein hübsches dunkelhaariges Mädchen und die besondere Freundin von Jan. Jetzt erschienen auch Reporter und Fotografen auf dem Schauplatz, wo Feuerwehrleute die baufälligen Mauern mit kräftigen Pflöcken abstützten. Die andern waren damit beschäftigt, Holz, Ziegelsteine und Verputz wegzuräumen.

Den Hardys wurde eine Menge Fragen über den Unfallhergang gestellt. Warum hatten sie sich überhaupt in dem Gebäude aufgehalten? War ihnen nicht klargewesen, wie gefährlich es dort war? Wie hatten sie es geschafft, da heil herauszukommen?

Frank und Jan gaben ausweichende Antworten, damit nichts

preisgegeben wurde, was ihren unbekannten Gegnern von Nutzen sein konnte. Dafür beschrieben sie um so ausführlicher Reds heldenhafte Tat, der sie ihre Rettung verdankten.

Inzwischen war auch Fenton Hardy am Unfallort eingetroffen. Er ließ sich von seinen Söhnen ausführlich Bericht über die unerfreulichen Vorfälle geben.

Es war schon weit nach Mitternacht, als die Retter den armen Red endlich aus seiner elenden Gefangenschaft befreit hatten. Zwei Sanitäter, die mit dem Krankenwagen gekommen waren, bestätigten Reds Verdacht, daß sein Arm gebrochen war. Sie legten eine Schiene an, bevor sie ihn auf einer Trage in den Krankenwagen schoben und zum Krankenhaus in Bayport fuhren.

Seine Familie folge ihm dorthin, während die Hardys sich beeilten, nach Hause zu kommen. In ihrem Labor machten sie sich sofort an die Arbeit. Der Film wurde entwickelt, und bald hatten sie die ersten Abzüge fertig.

„Mensch, das hat sich gelohnt!“ rief Frank, als sein Vater ihm über die Schulter schaute. Die zwei Männer, die Sam beim Betreten und Verlassen der Geschäftsräume der Juwelen-Vertriebsgesellschaft aufgenommen hatte, waren niemand anderes als Smith und Jones!

„;Jetzt haben wir den Beweis, daß sie alle unter einer Decke stecken“, meinte der Detektiv.

Erschöpft, aber zufrieden gingen sie zu Bett. Nach einer viel zu kurzen Nacht, gleich nach dem Frühstück, rief Fenton Hardy im Krankenhaus an, um sich nach den beiden Patienten zu erkundigen. Er erfuhr, daß es Red einigermaßen gutging und Sam etwa gegen zehn Uhr entlassen werden könnte. Beruhigt gingen die drei Hardys nun mit den Fotos zu Polizeichef Collins. Doch der Vergleich mit den Erkennungsbildern aller in diesem Bezirk erfaßten Kriminellen führte zu keinem Resultat.

„Ich werde Abzüge zum FBI nach Washington schicken“, versprach Collins. „Vielleicht können die sie identifizieren.“

Zusammen mit Collins fuhren die Hardys dann zu der Juwelen-Vertriebsgesellschaft. Das Grundstück gegenüber war mit Seilen abgesperrt. Ein paar Arbeiter waren dabei, die Reste des Gebäudes abzutragen.

Collins versuchte, die Eingangstür des Geschäftsgebäudes zu öffnen, aber sie war verschlossen.

Frank und Jan rannten nach hinten und schauten durch ein Fenster. „Sieh dir das an!“ rief Frank. „Die haben sich aus dem Staub gemacht! Das Haus ist vollkommen leer!“

Die Arbeiter von gegenüber wurden befragt, aber sie hatten nicht das geringste bemerkt.

„Offensichtlich sind unsere Freunde durch die Hintertür verschwunden“, vermutete Frank.

„Eigentlich kann Bayport sich freuen, diese Gauner loszusein!“ entgegnete Polizeichef Collins.

„Aber wir dürfen sie nicht so einfach davonziehen lassen!“ wandte Fenton Hardy ein. „Sicher gehen sie in eine andere Stadt, vielleicht sogar in einen anderen Bundesstaat, und bauen ihre Schwindelfirma wieder neu auf!“

Wieder zu Hause, rief Fenton Hardy bei Conrad Greene an und sprach mit dem Vater des Schachmeisters. Aber das Gespräch verlief nicht wie erwartet: „Der alte Greene war ziemlich unfreundlich und sein Sohn ist nicht zu sprechen!“ berichtete Fenton.

„Vielleicht wär's besser, wenn wir selbst hinfahren und mit ihm sprechen“, schlug Frank vor.

Jan nickte. „Aber zuerst besuchen wir Red im Krankenhaus!“

Zu ihrer Überraschung fanden sie Krassner am Bett ihres Freundes vor.

„Hallo, Herr Krassner“, begrüßte ihn Jan. „Was sagen Sie zu unserem neuen Helden? Die Zeitungen haben alle auf der ersten Seite von seiner Tat berichtet. Er hat uns das Leben gerettet!“

„Er ist wirklich ein Teufelskerl“, sagte Krassner bewundernd.

„Mit einem Gipsklumpen am Arm, der schwer genug ist, um ein Schlachtschiff zu versenken", meldete sich Red. „Hier, seht ihn euch an!"

Ohne anzuklopfen drängten sich zwei hübsche, junge Schwestern einfach in das Krankenzimmer. „Hallo, Red, können wir deinen Gipsverband mit unseren Autogrammen verzieren?" fragte die eine der beiden lachend.

„Na klar. Hier!" Red warf sich stolz in die Brust. Während die Schwestern ihre Namen auf den Gips kritzelten, erkundigte er sich: „Hat sich die Überwachung gelohnt? Sind die Fotos brauchbar?"

„Das will ich meinen!" erwiderte Jan. „Erstklassige Porträts von Smith und Jones.

Zufällig schaute Frank in diesem Moment Krassner an. Bei der Erwähnung der beiden Namen stand ihm wieder die blanke Angst im Gesicht!

Flug zwischen Himmel und Hölle

Frank gab seinem Bruder ein unauffälliges Zeichen. Aber Jan war schon klargeworden, daß es unklug war, vor Krassner über ihre Ermittlungen zu reden.

Auf dem Gesicht des Mannes wurde der sorgenvolle Ausdruck jetzt durch ein mühsames Lächeln verdrängt. „Ich bin froh, daß Red sich so gut erholt", sagte er und lehnte sich vor, um ebenfalls seinen Namen auf den Gips zu schreiben. Dann wandte er sich zu den Hardys. „Wollen wir nicht gleich ausmachen, wann ihr zu mir kommt? Ihr wolltet doch den Rubin-König ansehen."

„Einverstanden", antwortete Frank. „Am besten gleich morgen."

„Gut. So gegen Abend."

Die jungen Detektive verabschiedeten sich von Red und Krassner. Sie hatten es eilig, zurück zu ihrem Auto zu kommen. Beim Einsteigen fiel es Frank wieder ein: „Krassner muß Smith und Jones kennen. Hast du seine Reaktion gesehen, als du die Namen aussprachst?"

Jan nickte. „Tut mir leid, daß ich so vorlaut war!"

Frank zuckte die Achseln. „Ich glaube, er hatte wirklich Angst. Wenn ich nur wüßte, warum. Da muß noch mehr dahinterstecken!"

Als sie wieder nach Hause kamen, erwartete sie Fenton Hardy in seinem Arbeitszimmer.

„Ich glaube, wir haben ins Schwarze getroffen", berichtete er. „Das FBI besitzt Unterlagen über Smith und Jones. Der richtige Name von Smith ist Peter Lee Fong. Er stammt aus Hongkong."

„Und Jones?" fragte Jan ungeduldig.

„Er heißt Cyril Eggleby und kommt aus Kowloon."

„Das liegt bei Hongkong, nicht wahr?" vergewisserte sich Frank.

„Ja. Auf der anderen Seite der Bucht. Nach den beiden wird wegen Zollvergehen gefahndet."

„Du meinst Schmuggel?" Frank sah den Vater erstaunt an. „Die Sache scheint ein paar Nummern größer zu sein als wir zunächst angenommen haben!"

„Vor allem ist das Ganze sehr beunruhigend!" fügte Herr Hardy hinzu. „Ihr müßt bedenken, daß Krassner ein bekannter und angesehener amerikanischer Bürger ist. Es könnte sehr peinlich für ihn werden, falls sich herausstellt, daß er doch keine reine Weste hat."

„Irgendwas hat er jedenfalls damit zu tun", entgegnete Jan und berichtete von ihrer Beobachtung im Krankenhaus.

Herr Hardy runzelte nachdenklich die Stirn. „Laßt uns noch mal zusammenfassen, was wir bis jetzt herausbekommen haben. Krassner hat Angst vor Smith und Jones und wurde bei der

Ballonfahrt beschossen. Waren die beiden die Angreifer? Und warum wollten sie Conrad Greenes Telefon anzapfen? Vielleicht weil er gute Aussichten hat, den Juwelen-König zu gewinnen? Zusätzlich bedroht jemand Krassners Leben, wenn dieser nicht die Rubin-Figur herausrückt."

„Daraus ergibt sich also", unterbrach Frank aufgeregt, „daß Smith und Jones Krassners Feinde sein müssen, die hinter der Schachfigur her sind!"

„Tatsächlich!" rief Jan aus. „Das ist völlig einleuchtend. Aber was haben Smith und Jones mit der Juwelen-Vertriebsgesellschaft zu tun?"

Fenton Hardy zuckte mit den Schultern. „Keine Ahnung. Außerdem wissen wir noch nicht, ob unsere Schlußfolgerungen auch zutreffen. Laßt uns überlegen, was wir als nächstes tun!"

„Ich würde vorschlagen, daß wir mit Conrad Greene sprechen", meinte Frank.

„Wenn er aber nicht mit uns sprechen will?" gab Jan zu bedenken.

„Wir müssen ihn dazu bringen, daß er uns anhört", erwiderte Fenton Hardy. „Eine Erkundung des Gebietes, wo ihr den Schlangenballon gesehen habt, wäre sicher auch von Nutzen!"

„Sozusagen Luftaufklärung?"

„Das wäre sehr gut. Vielleicht könnt ihr die Herkunft des Ballons rausbekommen. Ich muß für ein paar Tage nach New York. Sicher kann ich von Bekannten an der Wall Street zusätzliche Informationen über Krassner bekommen."

Um Zeit zu sparen, wurde Arbeitsteilung vereinbart. Frank sollte den Schachmeister Conrad Greene in Ocean Bluffs aufsuchen, während Jan die Gegend nach dem Ballon absuchen sollte. Frank rief Bill Hooper an und bat ihn, mitzukommen. Jan setzte sich mit Tony Prito in Verbindung und lud ihn zu einem Rundflug ein, falls er Lust hätte.

„Klar. Wann starten wir?" fragte Tony begeistert.

„Morgen."

„Hat es etwas mit eurer ‚Arbeit' zu tun?"

„Ja. ‚Luftaufklärung'. Wir sollen nach einem Heißluftballon mit Schlangenzeichen Ausschau halten."

„Und was macht Frank?"

„Der verfolgt eine andere Spur."

„Also, wo und wann treffen wir uns?" erkundigte sich Tony.

„Am Flugplatz, gegen zehn Uhr."

„In Ordnung, ich werde pünktlich sein."

Als Tony am anderen Morgen am Flughafen eintraf, war Jan schon damit beschäftigt, im Gebäude der Flugleitung die Wetterberichte zu studieren.

„Gutes Flugwetter", stellte Jan fest. „Am späten Nachmittag wird eine Kaltfront erwartet, aber ich glaube nicht, daß die uns einen Strich durch die Rechnung machen kann."

Draußen freute sich Tony über den klaren, blauen Himmel. „Das wird ein Vergnügen! Bin ich froh, daß du gerade mich eingeladen hast!"

„Hör zu, das wird kein Spazierflug!" protestierte Jan. „Wir müssen alles genau unter die Lupe nehmen – aber nicht die Schönheit der Landschaft!"

In der Luft steuerte Jan sofort das Gebiet an, wo er und Frank die Landung des Schlangenballons bei dem alten abgebrannten Bauernhaus beobachtet hatten.

Das gesuchte Objekt war jedoch nirgends zu entdecken. „Was nun, Käpt'n?" fragte Tony.

„Wir fliegen zu der Stelle, an der die Schießerei stattgefunden hat, und du versuchst, dir da unten alles so genau wie möglich anzusehen!"

Die beiden suchten die Gegend ab, aber von dem Schlangenballon fanden sie keine Spur.

Im Zickzackkurs überflogen sie das ganze Gebiet und brummten schließlich im Tiefflug über die Farm der Mortons hinweg, wobei Jan mit den Tragflächen wippte.

„Sieh mal, Anne kommt aus dem Haus!" rief Tony.

„Ich glaube, sie kennt unser Motorgeräusch", meinte Jan mit fröhlichem Grinsen, als das Mädchen ihnen zuwinkte. Dann zog er den Steuerknüppel nach hinten und das Flugzeug gewann wieder an Höhe.

„Mensch, was ist denn das dort?" schrie Tony ganz plötzlich.

In einiger Entfernung schien ein ballonförmiges Gebilde aus den Bäumen aufzusteigen. Jan flog schnurstracks darauf zu. Als sie jedoch näher kamen, mußten sie beide lachen.

„Das ist ein Wasserturm", rief Jan. „Du bist mir ein schöner Detektiv, Tony!"

Danach befaßten sie sich wieder ernsthaft mit der Beobachtung des Terrains unter ihnen. „Können wir uns nicht ein wenig ausruhen?" erkundigte sich Tony schließlich.

„In Ordnung. Wir gehen für eine Weile etwas höher."

Das Flugzeug gewann stetig an Höhe, während sie ein malerisches Wolkengebilde durchflogen. Dann waren sie plötzlich in strahlendem Sonnenschein. Jan manövrierte die Maschine geschickt über die Kanten und durch die Schluchten des zerklüfteten Gebirges, das aus riesigen Wattebäuschen zu bestehen schien.

„Das ist ja unglaublich schön hier oben", äußerte sich Tony begeistert.

Von den Wolkenrändern hatten sich kleine flauschige Bälle losgelöst. Jan fühlte, wie der Wind das Flugzeug sanft noch höher trug.

In diesem Augenblick erkannte er, daß ihnen Gefahr drohte, denn die Wolkenwand im Hintergrund hatte sich dunkel gefärbt.

„Tony, wir müssen sehen, daß wir hier herauskommen!"

„Ja, es sieht nach Sturm aus", stimmte Tony zu, „aber er ist noch weit weg."

„Nicht so weit, wie du glaubst!"

Jan schaute nach unten. Das Gelände war nicht mehr so klar zu sehen wie vorher. Lange Wolkenfetzen hatten sich zwischen das Flugzeug und das unter ihnen liegende Waldgebiet geschoben. „Oje", stöhnte er, „wenn wir da nur heil herauskommen!"

Der Wind war noch stärker geworden. Jan hielt den Steuerknüppel mit aller Kraft fest, um das Flugzeug waagrecht zu halten. Da tat sich eine langgezogene Wolkenschlucht vor ihnen auf, mit den Umrissen eines engen, tiefen Tales. Genau das war es, was er brauchte, um sicher herunterzukommen.

Jan schaute zu Tony, der mit zusammengekniffenen Lippen dasaß. „Nur keine Panik, wir schaffen es schon", beruhigte er ihn und betätigte einen der Knöpfe vor sich, um die Vergaseranlage mit Warmluft zu versorgen. „Damit sich kein Eis bildet!" erklärte Jan. Er brachte den Motor auf Touren und das Geräusch schwoll zu einem ohrenbetäubenden Dröhnen an. Dann schob er den Steuerknüppel behutsam nach vorn und ein wenig nach links, während er gleichzeitig mit dem linken Fuß das Seitenruder bediente.

Das Flugzeug machte eine große Schleife, senkte die Nase leicht nach unten und schwebte in Richtung Erde.

Aber der Anblick, der sich ihnen bot, nachdem sie eine Ecke des Wolkentales umflogen hatten, verursachte Jan ein flaues Gefühl in der Magengegend.

Es gab keinen Ausweg! Sie waren genau zwischen zwei gefährliche Gewitterfronten geraten! Unter dem tosenden Geheul des Windes zuckten Blitze aus pechschwarzen Wolken.

„Schnall dich an, Tony!"

Wie von einer Riesenfaust wurde das Flugzeug durchgeschüttelt. Jan mußte den Knüppel mit aller Kraft festhalten, damit er ihm nicht aus den Händen gerissen wurde.

Auf einmal prasselte ein Hagelschauer auf sie herab, gleich danach ein Regen wie eine Sturzflut. Es war, als flögen sie durch einen Wasserfall.

„Jan, meinst du, wir schaffen es?" meldete sich Tony zaghaft.

„Wir können nur noch beten, alter Junge!"

Ein Zittern ging durch das ganze Flugzeug.

„Mama mia!" schrie Tony plötzlich auf. „Die Tragflächen brechen ab!"

Während Jan und Tony in diesem Chaos um ihr Leben kämpften, waren Frank und Bill mit dem Auto unterwegs zu dem Schachmeister. Auf halber Strecke gerieten sie in das schwere Gewitter, das dem Flugzeug so zu schaffen machte. Mit entfesselter Wut peitschte der Sturm auf Bills Auto nieder. Wie eine Salve aus einem Maschinengewehr prasselte Hagel auf sie herab, dann folgte ein Sturzbach von Regen, gegen den die Scheibenwischer erfolglos ankämpften.

Bill hielt für ein paar Minuten an. „Hoffentlich sind Jan und Tony nicht mehr in der Luft!" sagte er.

„Keine Sorge", beschwichtigte ihn Frank. „Jan ist ein erfahrener Pilot! Er ist bestimmt rechtzeitig runtergegangen."

Das Gewitter ließ schließlich nach, und zehn Minuten später wurde auch der Regen schwächer, so daß die beiden weiterfahren konnten.

Ocean Bluffs war eine kleine Gemeinde, die am Rande einer felsigen Bucht lag. Ihren Namen hatte sie wegen ihrer steil abfallenden Klippen erhalten. Der Strand war dort außergewöhnlich schmal, sonst wäre der Ort sicher ein beliebtes Ferienziel geworden. Bei Flut war er nämlich kaum anderthalb Meter breit, außerdem war er mit Geröll übersät.

Das Haus von Conrad Greene lag nahe am Meer, zwischen einer verlassenen Straße und den Klippen. Mit Geschick bugsierte Bill den Wagen durch die regennasse Einfahrt und hielt schließlich vor dem flachen Gebäude an, das sich in dem Unwetter kaum von der Umgebung abhob.

„Ist das eine abgelegene Ecke!" Bill schüttelte den Kopf. „Mir wäre es etwas unheimlich hier!"

„Vermutlich lebt Greene gern so zurückgezogen", erwiderte Frank, während sie auf dem aufgeweichten Weg zur Eingangstür gingen. Es gab keine Klingel, und so klopfte Frank an die

Tür. Doch nichts rührte sich!

Der Junge klopfte noch einmal, diesmal energischer.

„Wahrscheinlich ist niemand da!" meinte Bill und schlug seinen Kragen hoch, um sich etwas vor dem Regen zu schützen.

Sie wollten gerade gehen, als sich die Tür einen Spalt öffnete und ein älterer Mann mißtrauisch herauslugte.

Frank lächelte liebenswürdig. „Sind Sie Herr Greene?"

„Lassen Sie mich in Ruhe! Ich kaufe nichts!"

„Wir sind keine Vertreter. Ich bin Frank Hardy und das ist Bill Hooper. Wir möchten Sie gern sprechen, es ist wichtig!"

„Worum geht es?"

„Herr Greene, ich kann Ihnen das nicht erklären, während wir hier am Ertrinken sind. Können wir nicht reinkommen?"

„Also gut", brummte der Mann unfreundlich. „Aber ich wüßte nicht, was es zu besprechen gibt! Sie können bleiben, bis Sie ein wenig trockener sind, aber dann müssen Sie wieder gehen!" Er schlurfte voraus ins Wohnzimmer.

„Was wir mit Ihnen besprechen wollten, betrifft Ihren Sohn Conrad", erklärte Frank.

„Wieso, was ist mit ihm?"

In diesem Moment tauchte ein mittelgroßer dünner Mann mit tiefschwarzem Haar und hagerem Gesicht in einer Tür am anderen Ende des Zimmers auf.

„Wer sind die Leute?" fragte er unwirsch. „Ich hab dir doch gesagt, du sollst niemand reinlassen!"

„Wir möchten gern mit Ihnen sprechen, Herr Greene", schaltete sich Frank ein.

„Glauben Sie uns, wir wollen ganz bestimmt kein Autogramm von Ihnen", fügte Bill unwirsch hinzu, weil er sich über den unfreundlichen Empfang ärgerte.

„Jemand versucht, Ihr Telefon abzuhören", begann Frank. „Vielleicht ist es bereits angezapft!"

„Was?" Greenes Interesse erwachte schlagartig.

Frank erzählte von der Begegnung seines Vaters mit Fong

und Eggleby. „Mein Vater würde so etwas natürlich nie machen. Aber es gibt natürlich andere Leute, die für Geld alles tun."

Während er zuhörte, wurde Conrad Greene immer aufgeregter. „Der Rubin-König", stieß er hervor. „Die wollen nicht, daß ich ihn gewinne!"

„Wie bitte?" unterbrach ihn Frank. „Haben Sie Rubin-König gesagt?"

„Vergessen Sie's", entgegnete Conrad kurz. „Können Sie feststellen, ob mein Telefon bereits angezapft ist?"

Frank, der sich mit so was auskannte, überprüfte das Haus soweit das möglich war und nahm das Telefon und einen Nebenapparat auseinander. Die anderen schauten ihm fasziniert zu.

„Scheint alles sauber zu sein!" stellte er schließlich fest.

Inzwischen war der Schachmeister ein wenig aufgetaut. „Ich bin Ihnen dankbar, daß Sie gekommen sind, um mich zu informieren. Hoffentlich verstehen Sie meine Haltung gegenüber Fremden. Dauernd diese Fragen übers Schachspielen! Ich halte zwar Vorlesungen, gebe aber keinen Privatunterricht."

Frank nickte. „Da fällt mir ein – besprechen Sie auch manchmal vertrauliche Dinge am Telefon?"

„Ja", antwortete der Mann. „Als Großmeister bespreche ich oft Schachzüge mit anderen Meistern in den Vereinigten Staaten."

„Vielleicht will Fong etwas über Ihre Spielweise herausbekommen und an Ihre Gegner weitergeben?" mutmaßte Frank. „Oder vielleicht will er nur Ihr Privatleben ausspionieren und einen Nervenkrieg gegen Sie führen?"

Greene lächelte verschlagen. „Das bringt so schnell niemand fertig! Auf dem Gebiet bin ich mindestens genauso gut!" Damit verabschiedete er sich und ging hinaus. Sein Vater führte die beiden zur Tür.

„Ich wünsche ihm, daß er nicht gewinnt", flüsterte er unvermittelt. „Ich will nicht, daß er diese Juwelen-Figur bekommt!"

„Warum denn nicht?“ Frank war erstaunt. Sie erhielten jedoch keine Antwort, und der alte Greene schloß sorgfältig die Tür hinter den beiden.

Beim Losfahren fragte Bill: „Warum will der bloß nicht, daß sein Sohn den Rubin-König gewinnt?“

Frank zuckte die Achseln. „Ich weiß nur, daß Jan und ich herausbekommen werden, was es mit der wertvollen Schachfigur auf sich hat, und zwar bald.“ Er erzählte Bill weitere Einzelheiten.

Weitverzweigte Blitze erhellten ab und zu noch den Himmel und zeigten, daß das Unwetter noch nicht völlig vorüber war.

Tony Prito war genau zu dieser Zeit dabei, sich zu bekreuzigen. Das Flugzeug wurde so heftig durchgeschüttelt, daß den beiden die Zähne klapperten. Es wurde wie ein Expreßfahrstuhl angehoben und sackte dann ruckartig wieder ab.

Jan drehte sich fast der Magen um, und der Steuerknüppel wurde ihm aus der Hand gerissen. Das ist das Ende, dachte er verzweifelt.

Doch wie durch ein Wunder war das Flugzeug plötzlich aus der dichten Wolkendecke heraus und die Sicht verbesserte sich schlagartig. Die Maschine kam ins Trudeln und fiel durch Nebelschwaden dem Erdboden entgegen. Jan schüttelte den Kopf, um das Schwindelgefühl loszuwerden. Hastig griff er nach dem Steuerknüppel und konnte im letzten Moment noch den beginnenden Sturzflug abfangen.

Zu Tony, der resigniert mit fest geschlossenen Augen neben ihm saß, rief er hinüber: „He, du kannst sie wieder aufmachen! Die wollten uns im Himmel nicht haben!“

Aber Tony war nicht zum Spaßen zumute. Mit glasigen Augen starrte er vor sich hin, während Jan noch tiefer ging und ein Waldgebiet überflog. „Das hätte ich dir nie zugetraut, daß du's noch schaffst, Jan!“ waren die ersten Worte, die Tony schließlich hervorbrachte.

„Danke! Wir hatten unwahrscheinliches Glück!"

Jan ging so schonend wie möglich mit den beschädigten Instrumenten um und hoffte, daß sie noch bis zum Flughafen ihren Dienst tun würden. Es war Tony, der schließlich die Holzhütte im Wald entdeckte.

„He, sieh dir das da unten mal an, Jan! Steht da nicht ein Tieflader hinter der Hütte da drüben?"

„Tatsächlich!"

„Kannst du ein wenig tiefer gehen, damit man besser sehen kann? Vielleicht haben wir das Versteck der Ballongangster vor uns!"

„Das geht leider nicht!" erwiderte Jan. „Das Flugzeug reagiert nur noch schwerfällig auf Steuerbewegungen, deshalb will ich so hoch wie möglich bleiben, für den Fall, daß wir notlanden müssen."

Bald war die Hütte wieder außer Sicht und Jan nahm direkten Kurs auf den Flughafen von Bayport. Über Funk meldete er seine Notlage.

„Verstanden, wir sorgen für Lösch- und Rettungsfahrzeuge!" antwortete der Kontrollturm.

„Achtung, Tony, jetzt kommt's drauf an!" warnte Jan, als sie zur Landung ansetzten. „Hoffentlich kommt diese Kiste in einem Stück unten an!"

Feuerwehr und Ambulanz standen neben der Landebahn bereit, aber durch Jans Geschicklichkeit setzte das Flugzeug schließlich weich auf und kam sicher zum Stehen.

Jan und Tony kamen ein paar Minuten vor Frank und Bill zu Hause an.

Während der nächsten Stunde wurde aufgeregt diskutiert. Schließlich verabschiedeten sich Bill und Tony, und die Hardy-Boys machten sich auf den Weg zu Krassner.

Der empfing sie in der luxuriösen Halle. „Ich bin froh, daß ihr gekommen seid. Ich habe den Rubin-König schon aus dem Safe genommen. Er ist jetzt in der Bibliothek."

Jan runzelte die Stirn. Die wertvolle Antiquität stand unbewacht herum!

„Ich weiß, was du jetzt denkst", meinte Krassner. „Aber du brauchst dir keine Sorgen zu machen. Wir sind mit Sicherheit allein zu Haus!"

Er führte die Hardys in einen Seitenflügel des Hauses zu einer vornehm eingerichteten Bibliothek. Bücherregale reichten vom Boden bis zur Decke. Schwere Vorhänge hingen vor einer halb offenen Balkontür am anderen Ende des Zimmers und ließen nur ein trübes Licht herein.

Plötzlich sahen Frank und Jan im Halbdunkel neben der Tür die schattenhaften Umrisse eines Menschen!

Die Frau an der Klippe

Frank erschrak. Wollte sich da gerade ein Eindringling mit der Juwelen-Figur davonmachen?

Jan war schon sprungbereit, als Krassner ihn zurückhielt. „Was hast du denn vor, Jan? Der König läuft doch nicht davon!"

„Das ist der König?" fragte Jan ungläubig.

Zusammen mit Frank ging er vorsichtig auf die Erscheinung zu. Die Schachfigur war lebensgroß, sehr fein geschnitzt und mit glitzernd roten Rubinen besetzt.

„Wir haben gedacht . . ."

„Ach so, das hätte ich mir denken können." Krassner lachte und schob die Vorhänge auseinander, damit man die außergewöhnliche Antiquität besser bewundern konnte. „Ihr habt euch sicher eine falsche Vorstellung von der Größe der Figur gemacht?"

„Da haben Sie recht!" gab Frank zu.

„Wir haben sogar geglaubt, daß er aus einem einzigen Rubin angefertigt ist", fügte Jan hinzu.

Die Brüder gingen um die Figur herum und bewunderten die feine Schnitzarbeit mit den kostbaren Edelsteinen. Zwei der größeren Steine bildeten die Augen und verliehen dem König durch ihr Glitzern ein listiges Aussehen.

„Ich hatte bisher keine Ahnung, daß es Schachfiguren in Lebensgröße gibt", gestand Frank.

„O ja", erwiderte Krassner. „In früheren Zeiten erfreuten sie sich größter Beliebtheit. Die Herrscher führten sogar Kriege, um in ihren Besitz zu gelangen." Krassner wußte zu berichten, daß auch Menschen als Schachfiguren benutzt wurden. „Der Hof eines Palastes diente als Schachbrett und die lebenden Figuren, vorzugsweise Sklaven, mußten sich auf das Kommando ihrer Herren auf dem Schachfeld bewegen!"

„Was uns zu dem Trugschluß verleitet hat, war ihre Bemerkung, daß der Juwelen-König im Safe aufbewahrt wird. Der muß ja ganz schön groß sein!" meinte Frank.

Krassner ging zur gegenüberliegenden Wand. Er schob einen Vorhang zur Seite, und eine Stahltür kam zum Vorschein. Das Kombinationsschloß hatte die Größe eines Suppentellers und der Griff war so groß, daß man ihn mit zwei Händen drehen mußte.

„Das ist ja eine kleine Festung!" rief Jan aus.

Krassner nickte und öffnete die schwere Tür. Die Innenbeleuchtung schaltete sich ein, und die Hardys erblickten ein höhlenartiges Gewölbe.

„Ich würde doch sagen, das ist ein sicherer Platz, oder?" fragte Krassner und lächelte selbstgefällig.

„Wo haben Sie denn dieses Modell her, etwa aus Fort Knox?" scherzte Frank, denn in Fort Knox werden die Goldbarren der amerikanischen Banken gelagert.

Krassner zuckte die Schultern. „In meinem Geschäft braucht man einen guten Safe. So, jetzt laßt uns den König wieder einschließen!"

Die Brüder halfen ihm, und Krassner verschloß sorgfältig die

Tür. Dann zog er die Vorhänge wieder zusammen und bat Jan und Frank Platz zu nehmen.

„So, jetzt habt ihr alles gesehen", meinte er. „Es ist praktisch unmöglich, den Rubin-König zu stehlen, und genauso schwierig dürfte es sein, ihn wegzuschaffen!"

Die Brüder wußten aus Erfahrung, daß kein Safe der Welt nicht von raffinierten Dieben geknackt werden könnte, aber Jan und Frank mußten zugeben, daß Krassners Einrichtung größtmögliche Sicherheit bot.

„In der Tat ist dieses einzigartige Gewölbe der eigentliche Grund, weshalb die Besitzer mir die Figur anvertraut haben", fuhr der Finanzmakler fort.

Frank hatte noch eine wichtige Frage: „Herr Krassner, wie kam der Handel mit der Schachfigur eigentlich zustande?"

„Sie wurde in China gekauft und dann über Hongkong hierher verschifft."

Wahrscheinlich geschmuggelt, dachte Frank, behielt es aber für sich. Er traute Krassner nicht so recht und hatte immer noch den Verdacht, daß die Schachfigur sogar gestohlen war.

Auf dem Heimweg kamen die beiden wieder auf den Juwelen-König zu sprechen.

„Das war ja ein dicker Hund, was meinst du, Frank?"

„Du sagst es. Wolltest du dich eigentlich im Ernst mit dem Holzmännchen anlegen?" Frank kicherte.

„Deine witzigen Bemerkungen haben mir gerade noch gefehlt. Dabei wette ich, daß du zuerst auch an einen Dieb gedacht hast!"

Frank nickte lachend. „Hör zu, wir sind jetzt sowieso in der Nähe der Morton-Farm, und Red ist inzwischen wieder zu Hause. Laß uns mal vorbeischauen!"

Gleich darauf waren sie bei der Farm und trafen Red im Wohnzimmer vor dem Fernsehapparat an.

„Sieh mal da!" spottete Jan. „Jetzt interessiert er sich schon fürs Kinderprogramm!"

Red war niedergeschlagen. „Was soll ich denn sonst tun? Der Arzt hat gesagt, ich muß mich ein paar Tage schonen." Er seufzte. „Und wie steht's bei euch? Wahrscheinlich flitzt ihr durch die Gegend und steckt überall eure Nase hinein!"

„Du hast's erraten", erwiderte Frank. „Wir haben gerade den lebensgroßen König aus einem Schachspiel besichtigt."

Anne war hinzugekommen und hatte gerade noch den letzten Satz gehört. „Wie bitte?" fragte sie überrascht. „So was gibt es tatsächlich?"

„Ja. Und er hat eine lange Reise von China bis hierher hinter sich."

„Wißt ihr noch mehr darüber?"

„Nein, das ist leider alles."

Anne wurde nachdenklich. „Vielleicht könnte ich mehr über antike Schachfiguren in Erfahrung bringen. Wäre euch damit geholfen?"

„Aber ja! Wie willst du das denn anstellen?"

„Überlaßt das ruhig mir!" entgegnete Anne schelmisch.

„Würde mich interessieren, was Anne vorhat", überlegte Frank auf dem Heimweg.

„Zerbrich dir darüber nicht den Kopf", antwortete Jan. „Sie ist ziemlich gescheit."

„Du, mir ist da was durch den Kopf gegangen!" sagte Frank, als die Brüder wieder zu Hause waren.

„Und was, wenn ich fragen darf?"

„An dem Haus von Conrad Greene könnte jemand auch außen eine Wanze angebracht haben!"

„Hast du es nur innen untersucht?"

„Ja, ich bin jetzt erst draufgekommen!"

„Dann schauen wir morgen noch mal genau nach!"

Nach dem Abendessen rief Frank die Greenes an. Conrads Vater war mit ihrem Vorhaben einverstanden.

„Diesmal braucht ihr euch keine nassen Füße zu holen!" Er lachte. „Laut Wetterbericht soll es morgen sehr schön werden!"

Als sich Frank nach Conrad erkundigte, erfuhr er, daß dieser zur Zeit auf einer Tournee unterwegs war.

„Er spielt bei einer Veranstaltung zehn Schachpartien gleichzeitig und das mit verbundenen Augen!" erzählte Herr Greene stolz.

Frank bedankte sich und legte auf. Er erzählte Jan von Greenes Schachturnier und entlockte ihm damit einen anerkennenden Pfiff. „Mann, ich hab schon mit offenen Augen Schwierigkeiten gegen einen Partner!"

„Ich sag's doch schon immer – du bist eben kein Genie!"

Jan versetzte seinem Bruder einen gutmütigen Rippenstoß. „Wir wollen mal sehen, wie genial du dich bei der Lösung unseres Falles anstellst!"

Am nächsten Morgen warteten die Brüder bis halb elf umsonst auf eine Nachricht von ihrem Vater aus New York. Schließlich meinte Frank: „Wir können nicht länger warten! Ich wollte Papa über den Rubin-König informieren, aber das kann ich später nachholen!"

Bei strahlendem Sonnenschein fuhren sie los. Auf der Schnellstraße folgte ihnen eine schwarze Limousine längere Zeit in gleichbleibendem Abstand. Jan begann schon Verdacht zu schöpfen, als der Wagen mit einem Mann am Steuer und einer Frau neben ihm kurz vor Ocean Bluffs in eine Seitenstraße abbog.

Conrad Greenes Vater bat sie diesmal erheblich höflicher ins Haus; und Frank stellte seinen Bruder vor. „Herr Greene, könnten wir bitte das Haus noch mal gründlich untersuchen? Anschließend sehen wir uns draußen um. Es ist möglich, daß sie die Leitung am Telefonmast neben der Straße angezapft haben!"

„Nur zu. Laßt euch nicht aufhalten."

Die Jungen verrichteten ihre Arbeit wie Experten. „Hier drinnen ist nichts zu finden", erklärte Jan schließlich.

Gerade wollten sie nach draußen gehen, als ein schriller Schrei die Stille unterbrach.

Die Brüder hasteten nach draußen, dicht gefolgt von dem alten Mann. Vor ihren Augen rannte eine Frau so schnell sie konnte auf die steilen Klippen zu. Ein Mann verfolgte sie in geringem Abstand.

Plötzlich wirbelte sie herum und schrie hysterisch: „Ich springe hinunter, wenn du noch einen Schritt näher kommst!"

Der Mann zögerte kurz und nahm seine Verfolgung wieder auf.

„Meinst du, das ist ein streitendes Liebespaar?" Jan schüttelte verständnislos den Kopf.

„Egal worum es sich handelt, da kann was Schlimmes passieren! Vielleicht bringt sich die Frau wirklich um!"

Die Hardy-Boys liefen auf den Mann zu. „Halt!" schrie Frank. „Lassen Sie die Frau in Ruhe!"

„Halte ihn auf!" rief Jan seinem Bruder zu und rannte los, um die Frau noch vor den Klippen einzuholen.

„Was spielt sich denn hier ab?" Frank hatte den Mann erreicht und stellte sich ihm in den Weg.

„Sie müssen sie zurückhalten!" keuchte dieser. „Sie ist übergeschnappt und zu allem fähig!"

Die Frau stand ganz nahe am Rand der Klippen, als Jan bei ihr ankam. Er faßte sie vorsichtig von hinten um die Taille, um sie von dem gefährlichen Ort wegzuziehen. Plötzlich drehte sie sich um, und Jan wurde selbst an den Rand der Klippen gedrängt. Die Frau entwickelte ungeahnte Kräfte und versuchte ihn hinabzustoßen. Bei der entstehenden Rauferei fiel plötzlich eine Perücke von ihrem Kopf.

Mein Gott, das ist ja ein Kerl! fuhr es Jan durch den Kopf, während er um sein Leben kämpfte.

Auch Frank bekam jetzt allerhand zu tun. Der Mann, der eben noch um Hilfe gebeten hatte, zerrte ihn plötzlich zu den Klippen. Frank gelang es schließlich, dem Angreifer einen Karateschlag zu versetzen. Der Mann taumelte und rannte zurück zur Straße.

Jan wehrte sich verzweifelt. Er war immer noch in einen verbissenen Kampf verwickelt, direkt am Rand der Klippen. Frank wollte ihm gerade zu Hilfe kommen, doch zu seinem Entsetzen fielen die beiden plötzlich um und stürzten eng verschlungen den steilen Abhang über die kantigen Felsen in die Tiefe.

Etwa dreißig Meter tiefer rollte das Knäuel schließlich auf den schmalen Strand und löste sich auf. Regungslos blieben die beiden liegen.

Der flüchtende Mann sprang in einiger Entfernung auf der Straße in seinen Wagen und raste davon. Es war eine schwarze Limousine! Also sind wir doch verfolgt worden! folgerte Frank, während er nach einem Weg zum Strand suchte. Wie konnte er bloß zu seinem Bruder kommen?

Er wandte sich an den alten Greene, der sich inzwischen genähert hatte. „Die beiden sind verletzt!“ rief er erregt. „Gibt's irgendwo einen Weg hinunter zum Strand?“

Der alte Mann deutete auf einen schmalen unwegsamen Pfad, der sich zwischen den Klippen nach unten schlängelte. „Soviel ich weiß, hat ihn seit Jahren niemand benutzt“, meinte er. „Er ist teilweise stark vom Regen ausgehöhlt worden!“

„Ich klettere runter! Rufen Sie inzwischen einen Krankenwagen!“

Frank kam nach einer lebensgefährlichen Rutschpartie schließlich doch heil unten an und kümmerte sich um seinen Bruder, der gerade wieder die Augen aufschlug.

„Ist mit dir alles in Ordnung?“ erkundigte sich Frank mit sorgenvoller Miene.

„Ich glaube schon. Gebrochen hab ich mir wohl nichts.“ Jan bewegte vorsichtig Arme und Beine. „Aber diesen Mistkerl da hat's vermutlich ganz schön erwischt!“ Er deutete zu seinem Gegner hinüber, der immer noch regunslos dalag. Dann versuchte er vorsichtig, sich aufzurichten. Schließlich stand er auf. Jan war zwar noch etwas benommen, aber außer einer Schramme am Auge hatte er nichts abbekommen.

Die Jungen gingen zu dem Mann hin, der ausgestreckt auf dem Sand lag.

„Faß ihn lieber nicht an!" warnte Frank. „Vielleicht ist er schwer verletzt."

Sie beugten sich über den Mann und betrachteten sein Gesicht genauer.

„Soll ich dir was sagen, das ist dieser Gerard Henry!" rief Frank aus. „Der, der bei Mrs. Snyder war."

„Der Schmuckvertreter?"

„Ja, ganz bestimmt."

Sie schütteten ein paar Handvoll Wasser über Henrys Gesicht, doch auch davon kam er nicht zu sich.

Nur kurze Zeit später kamen zwei Polizisten und zwei Krankenpfleger mit einer Tragbahre den engen Pfad heruntergestolpert.

Sie wollten wissen was vorgefallen war, und Frank berichtete kurz das Wichtigste. „Er ist noch bewußtlos", beendete der junge Detektiv seine Erklärung.

Die Pfleger legten den Mann vorsichtig auf die Bahre und trugen ihn über einen weiter entfernten Felsenweg, der weniger glitschig und gefährlich war, nach oben. Frank half seinem Bruder auf dem direkten Weg. Denn Jan war noch etwas wacklig auf den Beinen und hatte Schmerzen beim Hochklettern.

Ein Krankenwagen stand vor Greenes Haus, und der seltsame Schmuckvertreter Gerard Henry wurde hineingehoben. Jan bemerkte, daß er einen seiner Damenschuhe verloren hatte.

„Die Perücke ist auch verschwunden!" stellte er fest.

In diesem Augenblick kam Henry zu sich. Er rollte mit den Augen und richtete sich unerwartet auf. In seinem Kleid sah er ausgesprochen lächerlich aus.

Der ältere der beiden Polizisten klärte den Mann über seine Rechte auf und versuchte ihn zu verhören, doch Henry verweigerte jede Aussage.

Frank und Jan berichteten den Polizisten von Henrys Rolle

bei den faulen Geschäften der Juwelen-Vertriebsgesellschaft.

„Polizeichef Collins in Bayport ist darüber informiert“, schloß Frank.

„Wollen Sie Anzeige erstatten wegen Körperverletzung?“

„Jawohl, mit versuchtem Totschlag“, bekräftigte Frank.

„Gut. Ihr werdet als Zeugen vorgeladen!“

Gerard Henry war inzwischen wieder zurückgesunken. Kreidebleich lag er auf der Trage. Offenbar schien er doch schwerer verletzt zu sein, als es zunächst den Anschein hatte.

„Wir haben nur ein kleines Gefängnis in Ocean Bluffs“, erklärte einer der Polizisten, „aber es erfüllt seinen Zweck. Sobald er die Behandlung im Krankenhaus hinter sich hat, wird er dort gemütlich einquartiert.“

Der alte Greene schüttelte fassungslos den Kopf, während sie zum Haus zurückgingen. „Ihr habt wegen uns wirklich schon eine Menge Ärger bekommen!“ meinte er. „Wißt ihr, warum die Männer euch die Klippen hinunterwerfen wollten?“

„Sie wollten uns aus irgendeinem Grund aus dem Weg räumen!“ erwiderte Jan.

„Komm, ich sehe mir noch den Telefonmast an!“ schlug Frank vor und setzte sich in Bewegung.

Er kletterte ein Stück an dem Mast hoch, dessen unterer Teil von einer klebrigen Teerschicht überzogen war.

„Pfui Teufel, ist das ein Dreckszeug“, schimpfte er beim Hochklettern. Oben untersuchte er die Drähte und rief dann nach unten: „Hier ist ein Minisender angebracht, Jan. Soll ich ihn entfernen?“

„Ich habe eine Idee!“ schrie Jan zurück. „Wir lassen ihn einfach dran und sagen Conrad Greene, er soll das Telefon weiterbenutzen und den Lauschern falsche Informationen zuspielen. Er kann seine Schachpartner ja von einer Telefonzelle aus anrufen und sie einweihen!“

„Nicht übel“, stimmte Frank zu. „Damit kann er seine Feinde ganz schön an der Nase herumführen!“

Als Frank wieder unten war, lachte der alte Greene vor sich hin. „Das ist ja wie in einer Kriminalstory! Ich bin sicher, daß mein Sohn mitmachen wird!“

Es war früher Nachmittag, als die Hardys zu Hause ankamen. Tante Gertrud empfing sie an der Küchentür. „Oh, mein Gott!“ schrie sie entsetzt auf, als sie die beiden sah.

Der Fluch des Rubin-Königs

Frank wurde blaß. „Was ist denn los? Ist Papa etwas passiert?“

„Nein, aber schaut euch doch mal an – ihr seht ja fürchterlich aus. Was ist mit deinem Auge, Jan? Außerdem seid ihr schmutzig, zerkratzt und mit zerrissener Kleidung kommt ihr nach . . .“

„Ach, davon sprichst du“, unterbrach Frank und seufzte vor Erleichterung. „Ich dachte, der Weltuntergang steht kurz bevor!“

Mrs. Hardy erschien jetzt auch, sie hatte ihre Stimmen gehört. Sorgenvoll musterte sie ihre beiden Söhne. „Seid ihr sicher, daß ihr nicht ernsthaft verletzt seid? Ihr seht sehr mitgenommen aus!“

„Frank ist schmutzig, weil er an einem Telefonmast hochgeklettert ist, und ich bin ein bißchen angeschlagen von einem Kampf mit einer Frau, die keine Frau war. Aber sonst ist alles in Ordnung, Mutter!“

„Waren wohl wieder Verbrecher hinter euch her?“ Tante Gertrud schob ihre Nickelbrille zurecht, und ohne auf eine Antwort zu warten, fügte sie hinzu: „Aha. Wußte ich's doch. Wo habt ihr euch rumgetrieben?“

Frank erzählte von ihrem Abenteuer, und schließlich gelang es ihm, Mutter und Tante zu beruhigen. „Habt ihr etwas von Papa gehört?“ erkundigte er sich dann.

„Ja.“ Mrs. Hardy nickte.

„Hat er Erfolg gehabt?“

„Er sagte, er komme gut voran, sonst nichts.“

Die Brüder gingen hinauf in ihr Zimmer. Schon bald kamen sie sauber angezogen zurück und warfen die schmutzigen Kleidungsstücke in den Wäschekorb.

Frank rief das Polizeipräsidium an. „Guten Tag, Mister Collins, hier Frank Hardy. Ich habe Neuigkeiten für Sie. Die Polizei von Ocean Bluffs hat Gerard Henry festgenommen!“

„Das ist doch ein ganz gerissener Bursche, möchte wissen, wie die das geschafft haben“, wunderte sich der Polizeichef.

Frank erzählte von ihrem Erlebnis und erklärte, daß sie die Wanze an Ort und Stelle gelassen hatten, um Conrad Greenes Feinde zu täuschen.

Collins dankte ihm für den Anruf. „Ich werde Leutnant Skillman in Ocean Bluffs anrufen. Wir können dem Halunken noch ein paar andere Vergehen nachweisen.“

„Sie meinen Betrug?“

„Ja, genau. Sagt mir Bescheid, wenn sich noch etwas ergibt.“

Die Brüder hatten gerade mit einem Imbiß ihren Hunger gestillt, als ihnen ein Umschlag vom Bayport-Museum gebracht wurde.

„Was das nur sein kann?“ überlegte Frank, während er den Umschlag öffnete. Auf einem Briefbogen der Museumsverwaltung war zu lesen:

FRANK UND JAN HARDY,
ICH HABE VIELLEICHT
WICHTIGE INFORMATIONEN
FÜR SIE
RUBY KING

6 7886-9

„Soll das ein Witz sein?" fragte Jan. „Der Rubin-König schreibt persönlich. Ruby King heißt doch: Rubin-König!"

„Es könnte eine Falle sein", antwortete Frank. „In letzter Zeit haben wir uns ja mehrmals in Fallen locken lassen!"

„Aber diesmal nicht!" meinte Jan. „Komm, wir rufen das Museum an und fragen nach Ruby King."

Aber Frank gefiel dieser Vorschlag nicht. „Das ist das gleiche, als würden wir den Zoo anrufen und nach Herrn Fuchs fragen. Es ist besser, wir gehen morgen früh selber hin!"

„Aber nur mit Geleitschutz!"

Die Brüder kamen überein, Bill Hooper, Tony Prito und Phil Cohen zur Unterstützung anzuheuern. Phil war ein zäher kleiner Bursche von ungewöhnlicher Intelligenz.

Die drei Freunde waren sofort einverstanden, am nächsten Morgen ins Museum zu kommen und ihnen Rückendeckung zu geben.

Sie trafen sich um neun Uhr vor dem düsteren Steingebäude ohne Fenster. „Sieht nicht sehr einladend aus! Als ich klein war, habe ich es für ein Grabmal gehalten!" lautete Jans Kommentar.

Bill, Tony und Phil blieben draußen. Falls die Hardys nach fünfzehn Minuten nicht wieder zurück sein sollten, würden sie hineingehen und nach ihnen schauen.

Frank und Jan gingen die Marmortreppe hinauf und durch die schwere Eingangstür aus Bronze. Drinnen am Informationsschalter saß eine junge blonde Frau.

„Wir möchten zu Ruby King", erklärte Frank ohne Umschweife.

„Aber gern. Sie finden Mrs. King am Ende des Ganges in dem Raum mit der Aufschrift Altertümliche Kunst."

„Was, hier gibt's wirklich eine Ruby King?" wollte Jan wissen.

Die Empfangsdame schaute fragend zu ihnen auf: „Warum sollte es denn keine geben?"

„Schon gut", murmelte Jan. Die beiden fanden die beschriebene Tür und betraten einen hohen Raum. Gipsfassaden von altertümlichen Gebäuden, Glaskästen mit alten Werkzeugen, Teppiche und einige Bilder füllten ihn aus.

Sie schauten sich um und entdeckten schließlich in einer Ecke einen kleinen Schreibtisch, hinter dem eine dralle dunkelhaarige Frau saß. Sie trug ein blaues Kleid und auf der kleinen Nase eine Brille, ihr Haar war hochgesteckt. Sie lächelte fröhlich, als die Brüder näher kamen.

„Ihr seid sicher Frank und Jan Hardy?"

„Ja", entgegnete Jan erstaunt.

„Ihr seid Detektive und interessiert euch für eine alte chinesische Schachfigur."

Frank lachte. „Ich glaube eher, Sie sind hier der Detektiv, Frau King. Ist das wirklich Ihr richtiger Name?"

„Ich wurde zwar als Ruby Smith geboren, aber dann habe ich Herrn King geheiratet und jetzt habe ich den gleichen Namen wie die berühmte Schachfigur, der Rubin-König."

Mrs. King erklärte, daß sie von dem New Yorker Naturgeschichtlichen Museum eingestellt worden war und jetzt in Bayport das Museum leitete. „Ich bin auf orientalische Kunst spezialisiert und habe erfahren, daß ihr gern mehr über diese besondere Schachfigur wissen möchtet."

Plötzlich dämmerte es Frank. „Haben Sie das von Anne Morton erfahren?"

„Ja, genau. Sie war gestern hier."

„Es ist sehr freundlich von Ihnen, daß Sie sich soviel Mühe machen", dankte ihr Jan.

Mrs. King berichtete ihnen nun, daß die wertvolle Schachfigur in Indien hergestellt und dann während der Ming-Dynastie nach China gebracht worden war. „Natürlich war sie Teil eines vollständigen Spiels!"

„Davon haben wir gehört." Frank nickte.

„Habt ihr auch von dem Fluch gehört, der auf der Figur lastet?"

„Ein Fluch?“ Jan traute seinen Ohren nicht!

„Alle, die den Rubin-König besaßen, sind unter tragischen Umständen ums Leben gekommen“, fuhr Mrs. King fort. „Der erste Herrscher, der die Figur erhielt, wurde einen Tag später vom Blitz erschlagen. Ein anderer Besitzer wurde eine Woche nach dem Erwerb vergiftet. Ein Dritter ertrank bei einer Überschwemmung, und die Fluten trugen den Rubin-König den ganzen Yangtse-Fluß hinunter mit sich!“

„Und was geschah dann?“ wollte Frank wissen.

„Er wurde von einem armen Bauern gefunden, der am nächsten Tag von seinem Stier aufgespießt und getötet wurde.“

„Dann muß sich Krassner aber in acht nehmen“, erwiderte Jan. „Glauben Sie diese Märchen wirklich, Mrs. King?“

„Vielleicht sind es nur Legenden“, antwortete die Frau, „aber ich dachte, es interessiert euch trotzdem.“ Dann erzählte sie den beiden, daß das Schachspiel in Indien erfunden worden war. „Shah mat heißt ‚Der König ist tot‘“, erklärte sie. „Der deutsche Ausdruck dafür ist Schachmatt.“

Während die Jungen aufmerksam zuhörten, wurden ihre Freunde draußen langsam ungeduldig.

„Ich möchte wissen, wo die so lange bleiben“, schimpfte Bill.

„Vielleicht sind sie niedergeschlagen worden!“ meinte Tony.

„Komm, wir gehen hinein und schauen nach!“ schlug Phil vor. „Die Viertelstunde ist schon fast vorbei!“

Die drei gingen hinein und wurden freundlich in Empfang genommen. Als sie nach ihren Freunden fragten, wurden auch sie zu dem Raum mit der Aufschrift Altertümliche Kunst verwiesen.

„Wir gehen nacheinander hinein“, schlug Bill vor. „Sicher ist sicher. Phil, du gehst zuerst. Wenn irgend etwas nicht stimmt, dann pfeifst du laut!“

Phil trat genau in dem Augenblick ein, als Mrs. King sagte: „In einer alten Sage steht, daß der Fluch aufgehoben werden kann.“

„Wie denn?“ Frank runzelte die Stirn und gab Phil zur Begrüßung ein Handzeichen.

„Wenn der König begraben wird.“

Jan stieß einen Pfiff aus. Bill und Tony kamen kampfbereit hereingestürzt. Aber Phil winkte ab. „Beruhigt euch, alles ist in Ordnung!“

„Was ist denn mit euch los?“ erkundigte sich Mrs. King überrascht.

Die drei Neuankömmlinge wurden vorgestellt und Mrs. King lachte, als man ihr alles erklärte.

„Wenn dadurch der Fluch aufgehoben werden kann, warum hat dann keiner der bisherigen Besitzer den Rubin-König begraben?“ forschte Jan.

„Das ist es eben“, antwortete die Direktorin. „Er darf nicht von dem Besitzer oder von einer Person, die diesen kennt, begraben werden.“

„Wie ist denn das zu erklären?“ rief Frank.

Mrs. King zuckte die Schultern. „Das ist wirklich alles, was ich euch über den Rubin-König sagen kann. Hoffentlich hilft es euch weiter?“

„O ja, ich bin sicher“, antwortete Frank.

Draußen diskutierten die Freunde über das, was sie eben erfahren hatten, dann fragte Frank: „Habt ihr heute nachmittag etwas vor? Ich würde mir gern mal die Hütte im Wald anschauen. Wollt ihr uns helfen?“

Alle stimmten begeistert zu.

„Prima Idee“, meinte Jan. „Aber zuerst sollten wir zu Hause etwas essen!“

Nachdem sie sich mit belegten Broten und Apfelkuchen von Tante Gertrud gestärkt hatten, fuhren alle zusammen los, um die Hütte zu suchen, die Jan und Tony bei ihrem abenteuerlichen Flug entdeckt hatten.

Sie brauchten über eine Stunde, bis sie schließlich einen kleinen Weg fanden, der zu der alten Hütte führte. Bill parkte, und sie gingen zu Fuß weiter. Im Schutz der Bäume beobachteten sie das einsame Gebäude.

„Es sieht verlassen aus", flüsterte Jan.

Die Fenster waren mit Brettern zugenagelt. Überall wucherte das Unkraut an den Wänden hoch. Die Hütte sah aus, als wäre sie schon seit langer Zeit nicht mehr benutzt worden.

Als die Jungen gerade näher hingehen wollten, zischte Phil plötzlich: „In Deckung!"

Alle warfen sich zu Boden, und fünf Paar Augen beobachteten einen Mann, der verstohlen aus dem Wald geschlichen kam.

„Ich glaube, das ist Eggleby", flüsterte Jan.

Der Mann klopfte an die Tür des Holzhauses und sagte deutlich: „Shah mat!"

Ein Riegel klickte, und er wurde eingelassen.

Leise berieten die Jungen, was nun zu tun sei.

„Wenn das wirklich Eggleby war, dann kennt er uns vielleicht. Tony, du und Phil, ihr geht hin und klopft an die Tür. Benutzt das Losungswort. Wenn es gefährlich wird, helfen wir euch!" schlug Frank vor.

„In Ordnung, so machen wir's", antwortete Tony. Zusammen mit Phil kroch er aus dem Versteck, schlich über eine kleine Lichtung und klopfte an die Tür. „Shah mat!" rief er.

Die Tür ging auf, und beide verschwanden in der dunklen Hütte. Eine Weile blieb alles ruhig – viel zu ruhig, dachte sich Frank. Nach zehn Minuten waren die beiden immer noch nicht zurück.

„Irgendwas muß schiefgegangen sein", sagte Jan beunruhigt. „Ich glaube, wir sollten mal nachsehen!"

Mit Bill gingen die Hardys zur Tür, klopften, und Frank rief mit lauter Stimme: „Shah mat!"

Keine Antwort. Jan versuchte, die Tür zu öffnen, aber sie war verschlossen.

„Geht zur Seite!" befahl Bill und warf sich gegen die Tür.

Splitternd und krachend gab sie nach, und die drei drängten sich hinein. Es dauerte ein paar Sekunden, bis sich ihre Augen an die Dunkelheit gewöhnt hatten.

„Da haben wir's! Sie sind alle weg!" rief Frank aus.

„Sie sind verschwunden!" Bill war ganz außer sich. „Sie haben sich regelrecht in Luft aufgelöst!"

„Es muß noch einen anderen Ausgang geben", vermutete Frank und fing an zu suchen.

„Alle Fenster sind zugenagelt, und es gibt keine Hintertür!" wandte Jan ein.

„Aber vielleicht eine Falltür?" meinte Bill. Die drei knieten sich hin und tasteten Stück für Stück den Holzfußboden ab.

„Hier, das muß es sein!" stellte Frank fest, als er ein kleines versenktes Scharnier im Boden fühlte.

In dem spärlichen Licht, das durch die Tür hereinfiel, erkannten die Jungen schließlich die Umrisse einer kleinen Luke im Boden. Bill benutzte sein Taschenmesser als Hebel zum Öffnen der Tür und ließ sich vorsichtig in die etwa anderthalb Meter tiefe Grube hinunter.

Er tastete die Umgebung ab und fand schließlich eine seitliche Öffnung im harten Untergrund. „Da ist ein Tunnel!"

„Ist er breit genug für dich?" wollte Frank wissen.

„Ja, gerade noch!"

„Gut, ich komme nach. Jan, du bleibst besser draußen, für alle Fälle."

„In Ordnung", willigte Jan ein.

Frank ließ sich hinab, fand die Öffnung und kroch hinter Bill her. Erde rieselte auf die beiden herab, während sie sich langsam vorwärts arbeiteten. Die Luft wurde stickig, und es roch stark nach modrigem Erdreich.

Bill hielt für einen Moment an. „Kommst du, Frank?" Seine gedämpften Worte klangen wie eine Stimme aus dem Grab.

„Ja, geh weiter. Aber stemm dich nicht gegen die Decke!"

Während die beiden durch den dunklen Tunnel krochen,

ging Jan vor die Hütte und lauschte. Nur das Gezwitscher der Vögel war zu hören. Ich bin ja gespannt, wo sie schließlich rauskommen! überlegte er.

Ungefähr zehn Minuten später meldete Bill unten im Tunnel: „Ich sehe Licht vor mir!"

Jetzt wurde der unterirdische Gang beträchtlich breiter, und die beiden bewegten sich nebeneinander auf das schimmernde Licht zu. Kurz davor stießen sie auf Phil und Tony. Die beiden waren geknebelt und an Händen und Füßen gefesselt und heimtückisch verschnürt, daß sie bei der geringsten Bewegung erstickt wären.

Frank und Bill beeilten sich, die beiden zu befreien. „Seid ihr verletzt?" fragte Frank besorgt.

Tony verneinte, setzte sich auf und sagte mit schwacher Stimme: „Sie hauen gerade ab. Schaut mal draußen nach!"

Frank und Bill durchquerten eine Höhle, die einen Ausgang ins Freie besaß. Draußen fanden sie sich auf einer Waldlichtung wieder. Plötzlich hörten sie ein Auto starten. Durch die dichten tiefhängenden Zweige erblickten sie gerade noch eine schwarze Limousine, die auf dem holprigen Weg davonfuhr. Drei Männer saßen drin!

Phil und Tony waren inzwischen steifbeinig nachgekommen.

„Waren das die drei Kerle, die euch überwältigt haben?" wollte Frank wissen und deutete auf den Wagen.

„Es waren nur zwei in der Hütte", erwiderte Phil, dem die ausgestandene Angst noch deutlich anzusehen war.

„Dann muß der dritte Mann am Ausgang der Höhle Wache gehalten haben", schloß Frank.

„Wo ist denn Jan?" forschte Tony.

„Hinten bei der Hütte. Ich werde ihm unser Signal geben!" Frank machte einen Vogelschrei nach.

Jan hörte es und gab das Zeichen zurück. Er lief schnell durch den Wald und kam ein paar Minuten später auf der Lichtung an.

„Die beiden waren bewaffnet“, erklärte Phil. „Wir mußten in den Tunnel kriechen, und kurz vor der Höhle haben sie uns dann gefesselt und geknebelt.“

Die Jungen gingen zur Hütte zurück und untersuchten sie sorgfältig.

„Ich nehme an, sie haben alles gründlich ausgeräumt“, meldete sich Frank. „Jan, hast du dich draußen umgesehen?“

„Ja, aber hinter der Hütte noch nicht.“

„Okay, dann schauen wir uns dort mal um“, schlug Frank vor und ging voran.

Phil sah von weitem etwas in dem Unkraut liegen. „Was ist denn das?“ rief er und rannte hin. Er griff in das hohe Gras und hob eine schmutzige Plane auf. Darunter lag eine ordentlich zusammengefaltete Ballonhülle.

Im Nu hatten die Jungen die Hülle ausgebreitet. „Es ist der Schlangenballon!“ rief Jan.

„Mensch, ist das ein Fund!“ freute sich Tony.

„Wir bringen ihn als Beweisstück zur Polizei“, entschied Frank. „Es ist der Ballon, aus dem auf uns geschossen wurde.“

Beim Einpacken der Nylonhülle entdeckte Tony ein Stück Papier, das offensichtlich in einer Falte gesteckt hatte.

„Frank, Jan, schaut mal!“

„Was ist denn das?“

„Es ist ein Telegramm aus Hongkong! Da steht: ‚Ming Do sehr krank. Höchste Eile via Queen. Die Schlangen‘“, las Tony vor.

„Was hat das zu bedeuten?“ fragte Phil.

Die Hardys studierten das Telegramm gründlich, und Frank sagte: „Ein gewisser Ming Do verlangt, daß sich jemand mit einer Queen beeilen soll.“

„Und die Schlangen sind natürlich diese Ganoven von der Schlangenbande!“ fügte Bill hinzu.

„Aber was hat Queen zu bedeuten? Ob das wohl ein Codewort ist?“ rätselte Jan.

„Die Hülle paßt nicht ins Auto", bemerkte Tony. „Ich fahre schnell nach Hause und hole unseren Lieferwagen."

Nach kurzer Zeit kehrte Tony zurück und der Ballon wurde aufgeladen. Auf dem Weg nach Bayport zurück unterhielten sie sich über die Entwicklung des Falles.

Die neuen Beweise würden ihnen sicher weiterhelfen. Oder waren sie dadurch vielleicht nur noch tiefer in die scheinbar unlösbare geheimnisvolle Angelegenheit hineingezogen worden? dachte Frank insgeheim.

Als sie im Polizeihauptquartier ankamen, gaben sie dem staunenden Collins einen ausführlichen Bericht. Er nahm den Schlangenballon als Beweisstück in Verwahrung und studierte nachdenklich das Telegramm.

„Derjenige, von dem hier die Rede ist, reist demnächst nach Hongkong", folgerte er. „Wenn wir ihn bloß irgendwie aufhalten könnten! Aber wir wissen ja nicht einmal, um wen es sich handelt!" Er schüttelte bedächtig den Kopf. „Ich habe auch Neuigkeiten für euch, aber leider keine guten!"

„Was ist denn passiert?" fragte Jan.

„Gerard Henry ist aus dem Gefängnis in Ocean Bluffs ausgebrochen!"

„Wie war das nur möglich?" wollte Bill wissen.

Collins erklärte, daß Henry sich krank gestellt und einen unerfahrenen Beamten überrumpelt hatte. Als dieser seine Zelle öffnete, hatte er ihn angesprungen, entwaffnet und sodann das Weite gesucht.

„Meinen Sie, er war der dritte Mann im Wald?"

„Schon möglich", entgegnete Collins.

Anschließend dankten die Hardys ihren Freunden. „Allein hätten wir das nie geschafft", bemerkte Frank.

„Wenn's so weitergeht, sind wir eines Tages selber Detektive", scherzte Tony. Er fuhr die Hardys nach Hause.

Frank und Jan beschlossen, Krassner in seinem Büro zu besuchen und ihm mitzuteilen, daß seine Peiniger wahrscheinlich geflohen waren. Und vielleicht konnten sie von ihm Aufschluß über das geheimnisvolle Telegramm erhalten. Unterwegs setzten sie Phil vor dessen Haustür ab.

Krassner hatte seine Geschäftsräume in dem neuesten Bürogebäude von Bayport. Er begrüßte die Brüder freundlich.

„Wir haben ein paar gute Neuigkeiten für Sie", verkündete Jan.

Der Finanzmakler schien sich zu freuen, aber je länger er zuhörte, desto sorgenvoller wurde sein Gesichtsausdruck. Als Frank vom Inhalt des Telegramms erzählte, wurde er leichenblaß.

„Rufen Sie sofort meine Frau an!" befahl er seiner Sekretärin. Als diese berichtete, daß die Telefonverbindung mit seinem Haus tot war, sprang Krassner auf. „Ich befürchte das Schlimmste!" rief er und rannte hinaus.

Frank und Jan folgten ihm und versuchten herauszubekommen, was ihn so aufgeregt hatte.

„Später", vertröstete Krassner sie. Er sprang in seinen Sportwagen und raste los.

Frank und Jan folgten in ihrem Auto. „Meinst du, er fährt zu seinem Haus?" fragte Jan.

„Sieht so aus", antwortete Frank. „Komisch, seine Frau haben wir noch nie gesehen. Ich hab auch gar nicht gewußt, daß er eine hat."

„Wahrscheinlich befürchtet er, daß auch sie in Gefahr ist", vermutete Jan.

Sie kamen gleich nach Krassner vor dessen Haus an und alle drei rannten hinein. Der Makler rief nach seiner Frau, aber niemand antwortete.

„Mein Personal hat heute frei", sagte Krassner und rannte in die Bibliothek. Zuerst versuchte er, den großen Drehgriff zu bewegen, aber der Safe war verschlossen.

„Vielleicht ist es doch nicht so schlimm, wie Sie gedacht haben!" rief Jan aus.

Krassner schwieg. Mit zitternden Fingern stellte er die Zahlenkombination am Schloß ein, drehte am Griff und zog die Stahltür auf. Sprachlos starrten sie hinein! Der Rubin-König war weg!

Die Warnung der Schlangenbande

Von draußen waren Schritte zu hören, und eine Frau kam herein. Es war eine zierliche Asiatin mit einem freundlichen und schönen Gesicht.

„Albert! Was ist passiert?" Sie schaute Krassner erschrocken an. Der stand wie in Trance vor dem gähnend leeren Gewölbe.

Sein Mund bewegte sich, aber er brachte kein Wort heraus.

„Der König ist verschwunden", erklärte Jan. „Sind Sie Frau Krassner?"

„Ja. Oh, mein Gott!" Die Frau legte einen Arm um ihren Mann, der sich schließlich soweit erholt hatte, daß er wieder reden konnte.

„Was soll ich nur tun?" wiederholte er immer wieder. „Was soll ich nur tun?"

Frank wandte sich an die Frau, die versuchte, ihren Mann zu beruhigen. „Sind Sie gerade erst heimgekommen, Frau Krassner?"

„Ja. Ich bin heute morgen aus dem Haus gegangen, um Bekannte zu besuchen."

„Ist Ihnen irgend etwas aufgefallen, als Sie weggingen?"

Die Frau dachte einen Moment nach, dann sagte sie: „Ja, zwei Männer. Sie saßen in einem Auto nahe bei unserer Einfahrt."

„Konnten Sie sie deutlich sehen?" wollte Jan wissen.

„Ja, aber ihre Gesichter waren in dem Augenblick zur Seite gewandt."

„Haben Sie keinen Verdacht geschöpft?"

„Nein. Hier halten oft Leute, um unser Haus zu bewundern."

Frank zog seinen Bruder zur Seite und sagte leise: „Die beiden Männer waren vermutlich Fong und Eggleby. Und wahrscheinlich ist der Rubin-König genau das, was Ming Do wollte."

„Das glaube ich auch!"

Frau Krassner rief vom Nachbarhaus aus die Polizei an, die ein paar Minuten später eintraf. Am Safe wurden Fingerabdrücke gefunden, aber es stellte sich heraus, daß sie von Krassner stammten. Der hatte sich inzwischen in sein Schlafzimmer zurückgezogen und war einem Zusammenbruch nahe.

Nachdem die Beamten über Funk einen Arzt gerufen hatten, dankte Frau Krassner den Jungen und brachte sie zur Tür. Draußen sahen sie erstaunt, daß ihr Vater gerade mit seinem Wagen ankam.

„Hallo! Seit wann bist du denn zurück?" wollte Frank wissen.

„Seit anderthalb Stunden. Mutter hat mir erzählt, daß ihr zu Krassner wolltet. Ich habe in seinem Büro angerufen und erfahren, daß ihr alle drei überstürzt weggerannt seid, weil das Telefon bei ihm zu Hause tot war. Das war für mich ein Alarmsignal, deshalb bin ich gekommen!" Herr Hardy deutete auf den Polizeiwagen. „Ich nehme an, der Juwelen-König ist gestohlen worden?"

Jan nickte. „Hör zu, Papa, wir haben dir eine Menge zu erzählen!"

„Ich habe auch ein paar Neuigkeiten. Am besten gehen wir in das nächste Schnellrestaurant und unterhalten uns dort. Ich habe nämlich einen Bärenhunger!"

In einem neueröffneten Restaurant fanden sie einen abgelegenen Tisch, wo ihre Unterhaltung nicht mitgehört werden konnte.

„Soll ich dir mal was über Frau Krassner sagen?" legte Jan los, nachdem die Kellnerin die Bestellung aufgenommen hatte. „Sie ist . . ."

„Chinesin", unterbrach Fenton Hardy kauend.

„Woher weißt du denn das?"

„Das habe ich in New York erfahren. Und nicht nur das!"

„Also, dann spann uns nicht länger auf die Folter!" drängte Jan.

„Gut, zuerst das Wichtigste: Krassner stammt aus Hongkong! Eine seiner Großmütter ist Chinesin, dadurch ist er zu einem Viertel ebenfalls Chinese."

„Ja, das sieht man ihm irgendwie an", bemerkte Frank.

„Die Familie seiner Frau gehört zu der Prominenz in Hongkong", fuhr Fenton Hardy fort. „Ihr Vater ist Moy Chen-Chin, ein sehr einflußreicher und wohlhabender Mann."

„Soso, allmählich lichtet sich das Dunkel", warf Jan ein. „Was hast du noch erfahren?"

Während die beiden ihre Hamburger verzehrten, beschrieb Fenton Hardy Krassners Karriere. „Als Jugendlicher hatte er etwas mit einem Schmuggelring zu tun. Sein Stiefvater hat ihn aus diesem Milieu herausgeholt, danach kam Krassner hierher, und seit zwanzig Jahren ist er Bürger der Vereinigten Staaten."

„Also, was mich betrifft, kann ich nur sagen, daß ich ihm nie so ganz getraut habe!" meinte Frank.

„Er hat sich aber seither nichts zuschulden kommen lassen und genießt einen ausgezeichneten Ruf als Finanzmakler. Den größten Teil seiner Geschäfte wickelt er mit asiatischen Wertpapieren ab", fügte Fenton Hardy hinzu.

„Und der Schwiegervater ist sein Verbindungsmann in Asien", unterbrach Jan. „Ohne Zweifel ein guter Partner!"

„Moment mal", meldete sich Frank. „Bei dem Diebstahl des Rubin-Königs gab es keinerlei Anzeichen von Gewaltanwendung. Vielleicht ist Krassner wieder rückfällig geworden und hat die Figur selbst beiseite geschafft! War sie versichert?"

„Du kapierst erstaunlich schnell! Ja, er hat vor ein paar Wochen eine Versicherung über eine riesige Summe abgeschlossen!" antwortete Fenton Hardy.

Doch Jan hatte seine Zweifel. „Ich glaube nicht, daß es so einfach ist. Ich habe eine andere Theorie."

„An was glaubst du denn?" wollte Frank wissen.

„Krassner wurde von Fong und Eggleby eingeschüchtert. Wir wissen, daß er Angst vor ihnen hatte. Vielleicht haben sie etwas über seine Vergangenheit erfahren und ihm mit Enthüllungen gedroht, falls er ihnen nicht freiwillig den Rubin-König aushändigt!"

„Hm, das kann auch sein", gab Frank zu. „Das wäre eine einleuchtende Erklärung dafür, daß er nicht zur Polizei gehen wollte. Ich habe sowieso nie geglaubt, daß er nur die öffentliche Meinung fürchtet. Immerhin befand sich die wertvolle Antiquität ganz offiziell in seiner Obhut. Sein Ruf wäre bestimmt nicht durch die Nachricht ruiniert worden, daß jemand die Figur entwenden wollte."

Fenton Hardy nickte. „Es ist doch ganz natürlich, daß jeder, der einen solchen Wertgegenstand verwahrt, eine ausreichende Versicherung abschließt. Ich halte Jans Theorie auch für einleuchtender."

„Unsere Aufgabe ist es jetzt, den König zu finden", beschloß Frank. „Und zwar schnell, bevor Ming Do ihn kriegt."

Fenton Hardy blickte seine Söhne erstaunt an, und die beiden erzählten von ihrem Abenteuer im Wald, dem Telegramm, das sie gefunden hatten und von der Geschichtsstunde bei Frau King im Museum.

Der Detektiv überlegte eine Weile, dann kam er zu dem Schluß: „Normalerweise wird doch ein solch großes Stück mit dem Schiff transportiert. Vielleicht liegt im Hafen ein Schiff mit dem Namen Queen?"

„Komm, wir fahren heim und rufen die Hafenverwaltung an!" drängte Frank und stand auf.

Fenton Hardy bezahlte und sie machten sich auf den Weg. Es war schon dunkel, und als sie in ihre Straße einbogen, traf sie beinahe der Schlag, als sie entdeckten, daß an ihrem Haus sämtliche Lampen der Alarmanlage brannten.

„Oje, da ist etwas passiert!" befürchtete Jan, als Frank auf die Garage zufuhr. Eine Alarmglocke läutete.

„Du hast recht, irgendwas stimmt hier wirklich nicht!" bestätigte Frank.

Alle drei sprangen aus den Autos und rannten ins Haus. Jan schaltete die elektronische Warnanlage ab und folgte dann seinem Vater und Frank ins Wohnzimmer, wo sie Mrs. Hardy und Tante Gertrud vorfanden.

„Laura, was ist denn los?" fragte Fenton Hardy seine Frau.

„Wir haben Angst, Fenton."

„Ja, richtige Todesangst!" Tante Gertruds Stimme zitterte. „Diese unheimlichen Scheusale!"

„Beruhigt euch doch", sagte Frank sanft. „Und erzählt von Anfang an. Jetzt kann ja nichts mehr passieren!"

„Wir haben ein Paket erhalten!" Tante Gertrud deutete auf eine Schuhschachtel, die auf dem Tisch lag.

Frank ging hin, um sie zu öffnen.

„Mach nicht auf! Sie wird dich beißen!"

„Wer?"

„Die Schlange! Eine riesige Giftschlange!" ächzte Gertrud Hardy.

Mrs. Hardy unterbrach sie. „So groß ist sie eigentlich nicht und ich glaube auch nicht, daß sie giftig ist. Aber man kann nie wissen!"

„Wie ist sie denn hier reingekommen?" fragte Jan.

Frau Hardy erzählte, daß die Schachtel kurz nach Einbruch der Dunkelheit an der Tür abgegeben wurde. „Wir sind fast in Ohnmacht gefallen, als wir sie aufgemacht haben!"

Frank stellte die Schachtel auf den Boden und nahm den Deckel ab. Drinnen lag eine kleine Strumpfbandnatter. Er hob sie auf, und sie kroch über seine Hand und wand sich an seinem linken Arm empor. „Ich bringe sie in den Garten", sagte er.

„Das war ohne Zweifel eine Warnung von der Schlangenbande!“ erklärte Herr Hardy.

„Fenton, du solltest in diesem Fall aufgeben, so lange wir noch am Leben sind“, flehte ihn seine Schwester an.

„Wenn ich alle Ermittlungsfälle, bei denen ich Drohungen erhalte, aufgeben würde, wäre ich bald arbeitslos“, wandte der Detektiv ein. „Aber laßt uns die Alarmanlage zur Sicherheit wieder einschalten!“

„Was ich nicht verstehe, ist, daß man uns immer noch nachstellt, obwohl die Schlangenbande jetzt den Rubin-König hat“, überlegte Frank laut.

„Sie wissen, daß wir hinter ihnen her sind und sie vielleicht doch noch erwischen“, war Jans Erklärung für die Vorfälle.

Fenton Hardy rief im Hafen an. „Sie werden im Register nachsehen und uns dann Bescheid geben“, erklärte er seinen Söhnen.

Beim Frühstück am nächsten Morgen klingelte das Telefon. Frank hob ab, hörte ein paar Sekunden gespannt zu und legte dann auf. „Ratet mal, was ich gerade erfahren habe!“ verkündete er. „Im Hafen liegt ein japanisches Schiff, das übermorgen um Mitternacht auslaufen soll.“

„Wohin?“ wollte Jan wissen.

„Nach Hongkong. Und es heißt Queen Maru!“

„Das ist die Königin, die in dem Telegramm erwähnt wird!“ rief Jan. „Das muß sie sein!“

Frank war skeptisch. „Ich glaube nicht, daß diese Schlangenmenschen so leichtsinnig vorgehen.“

„Ich bin davon überzeugt!“ widersprach Jan. „Ich möchte wetten, daß Fong und Eggleby sich immer noch hier in der Gegend aufhalten und den Rubin-König mit der Queen Maru wegschaffen wollen.“

„Möglich ist es schon“, stimmte Fenton Hardy zu. „Am besten fahrt ihr zum Hafen runter und werft einen Blick auf das Schiff.“

Da läutete das Telefon noch einmal. Es war Conrad Greenes

Vater, der Jan mitteilte, daß sein Sohn immer noch unterwegs war. „Morgen abend spielt er in der Stadthalle von Bayport!"

„Vielen Dank für den Hinweis!" erwiderte Jan. „Wir sehen uns auf jeden Fall das Spiel an!"

Eine halbe Stunde später befanden sich Frank und Jan bereits am Hafen und parkten bei der Queen Maru. An Deck des Schiffes wurden gerade schwere Maschinen mit Hilfe riesiger Kräne verladen.

Die Brüder gingen die Gangway hoch. Auf ihre Frage nach dem Kapitän wurden sie zu einer Kajüte im vorderen Teil des Schiffes geschickt. Ein rundlicher Japaner empfing sie mit freundlichem Lächeln.

„Ich bin Taro Ono, der Kapitän. Kann ich Ihnen behilflich sein?" fragte er liebenswürdig.

Die Hardy-Boys erklärten ihr Anliegen, und daß sie besonders nach einer Holzkiste im Format 1,80×0,70 Meter Ausschau hielten.

„Hm, etwa so groß wie ein Sarg", sagte Kapitän Ono und rieb sich am Kinn. „Nein. Wir haben nur riesige Kisten mit Maschinen, wie ihr euch selbst überzeugen könnt."

„Sind Sie sicher?"

„Ich kenne doch meine Ladung", antwortete der Kapitän und lächelte immer noch liebenswürdig.

„Vielen Dank", sagte Frank, und die beiden kletterten die stählerne Gangway hinab.

„Und was nun?" fragte Jan.

„Das Schiff fährt erst morgen nacht weg. Wir müssen es ständig im Auge behalten."

Jan stöhnte. „Na gut. Aber ich schlage vor, wir besorgen uns Unterstützung."

Bill, Phil, Tony und die Hardy-Boys beobachteten das Schiff abwechselnd für den Rest des Tages und während der Nacht, aber keine verdächtige Kiste wurde aufgeladen und nichts Ungewöhnliches passierte. Tony übernahm die Nachtschicht und Frank und Jan kamen am nächsten Morgen, um ihn abzulösen. Nach ein paar ermutigenden Worten von ihrem müden Freund postierten sie sich an einer geeigneten Stelle und bereiteten sich auf eine lange Wartezeit vor.

Etwa um zehn fuhr ein alter Leichenwagen vor. Am Steuer saß ein Junge, nicht viel älter als die Hardys. Er sprang heraus, öffnete die Hecktür des Wagens und begann, einen Sarg herauszuziehen!

„Sieh dir das an, Jan! Ich glaube, mich laust der Affe!" rief Frank aufgeregt.

„Komm, Frank, wir sehen nach und nehmen uns den Typ mal vor!"

Sie bauten sich vor dem Jungen auf. „Arbeitest du für ein Beerdigungsinstitut?" wollte Frank wissen.

„Nein, was geht euch das an?"

„Woher hast du die alte Karre?" fragte Jan.

„Vom Schrottplatz. Nicht schlecht, was? Die Mädchen finden sie alle dufte. Wer seid ihr denn überhaupt?"

Widerstrebend gab Frank Auskunft. „Und wie heißt du?"

„Oskar."

„Wenn du nicht für ein Beerdigungsunternehmen arbeitest, warum transportierst du dann einen Sarg?" wollte Jan wissen.

„Was, das ist ein Sarg?" meinte der Junge und stellte ihn auf dem Pflaster ab.

„Du brauchst keine Witze zu machen", entgegnete Frank. „Gib uns eine klare Antwort!"

„Okay, schon gut. Was macht's schon – ich transportiere eben einen Sarg. Ein Typ hat mich gebeten, das Ding hierher zu diesem Schiff zu bringen. Das Schlitzauge hat mir 25 Dollar dafür bezahlt. Mehr weiß ich auch nicht. Warum laßt ihr mich nicht in Ruhe?"

„Du kannst doch ohne Papiere keine Leiche transportieren!" wandte Jan ein.

„Jetzt reicht mir's, ich mach mich aus dem Staub!" Oskar

schlüpfte hinter das Steuer und fuhr los.

Frank notierte sich sofort die Autonummer und ging zum nächsten Telefon, um Polizeichef Collins anzurufen.

Als dieser mit einem zweiten Polizisten eintraf, erzählte Jan von ihrem Verdacht, daß der Rubin-König in dem Sarg versteckt sein könnte.

„Das werden wir gleich haben“, meinte Collins und befahl dem Polizisten, den verschraubten Deckel zu öffnen.

Der Polizist holte einen Schraubenzieher aus dem Kofferraum des Polizeiautos und machte sich an die Arbeit.

Endlich war es soweit. Die Hardys hielten den Atem an, als der Deckel entfernt war. Sie stöhnten enttäuscht auf!

In der Kiste lag ein solides Stück von einem Baumstamm.

Collins drehte den Klotz um und untersuchte ihn. „Das sieht mir nicht nach Schmuggelware aus!“ sagte er.

In der Zwischenzeit hatte Kapitän Ono die Polizeibeamten gesehen. Er kam herunter und erkundigte sich nach dem Anlaß des Polizeieinsatzes. Als er über die Kiste befragt wurde, bestritt er, von dieser seltsamen Fracht etwas zu wissen.

„Was soll ich denn tun?“ fragte er verwirrt. „Ich darf ja ohne Papiere nichts an Bord nehmen.“

„Machen Sie sich keine Sorgen“, erwiderte Collins. „Sie brauchen es nicht zu befördern. Ich nehme es mit zum Polizeipräsidium.“ Er wandte sich an die Hardy-Boys. „Wir überprüfen den Stamm und den Sarg im Labor. Ich benachrichtige euch, falls irgend etwas dabei herauskommt.“

„Vielen Dank“, antwortete Frank.

Sie unterhielten sich über diesen Schlag ins Wasser. „Die Bande hat offensichtlich vermutet, daß wir das Telegramm gefunden haben und hat damit gerechnet, daß wir das Schiff überwachen. Diesen Trick haben sie angewandt, damit wir hier aufgehalten werden. In der Zwischenzeit wird der Juwelen-König wahrscheinlich auf eine andere Art weggeschafft“, meinte Jan.

„Wie zum Beispiel?"

„Mit einem Flugzeug!"

„Daran hätten wir gleich denken sollen!" stöhnte Frank.

Zu Hause riefen die Brüder abwechselnd alle im Flughafen von Bayport vertretenen Fluggesellschaften an. Aber sie erhielten nur negative Auskünfte – keine Särge waren verschickt worden, keine länglichen Kisten, nichts, woraus man hätte schließen können, daß die Schachfigur per Luftfracht außer Landes gebracht worden war.

„Aha, hier habe ich noch was. Eine Fluggesellschaft für Gütertransport", meinte Frank beim Durchsehen des Telefonbuches. „Premier Airways". Er rief an und sprach mit einem freundlichen Angestellten. Zwei Särge waren am Tag vorher an die Westküste verschickt worden. Beide kamen von einheimischen Beerdigungsinstituten und hatten einwandfreie Begleitpapiere.

Frank ließ nicht locker. „Wir suchen nach einer Holzfigur. Einer sehr wertvollen, deshalb wurde sie auch gestohlen."

„Wie bitte, gestohlen? Wir wären Ihnen gern behilflich, aber – Moment mal. Könnte sie vielleicht in einem Teppich versteckt gewesen sein?"

„Natürlich! Hatten Sie einen Teppich unter Ihrer Fracht?"

„Ja, gestern. Er war ziemlich groß und in starkes Packpapier eingewickelt. Das war an einer Stelle eingerissen und jetzt, da Sie es erwähnen, erinnere ich mich, daß so etwas wie Holz durchschimmerte."

„Wo sollte der Teppich denn hingehen?" Franks Herz klopfte vor Aufregung.

„Moment, ich muß erst nachsehen", meinte der Angestellte und war gleich wieder zurück. „Direkt nach San Francisco, aber der endgültige Bestimmungsort war Hongkong!"

„Dann ist er also schon außer Landes, nicht wahr?" seufzte Frank.

„Ja, genau gesagt müßte er vor etwa einer halben Stunde in Hongkong angekommen sein."

Frank bedankte sich und hängte kopfschüttelnd ein. „Junge, sind wir denen auf den Leim gegangen! Was bleibt uns da noch zu tun?"

„Collins anrufen", schlug Jan vor.

Auch der Polizist hatte schlechte Nachrichten für sie. „Heute häufen sich die Hiobsbotschaften! Gerade habe ich erfahren, daß Gerard Henry vorgestern nacht hier in der Stadt gesehen worden ist. Aber bevor wir ihn festnehmen konnten, war er wieder verschwunden!"

Frank und Jan saßen mißgelaunt herum und beschlossen, wenigstens etwas zu essen. Während sie ihre belegten Brote verspeisten, kam Red zur Hintertür herein. Er war bester Laune!

„Hallo, ihr beiden! Wie geht es Seiner Majestät?"

„Seine Majestät ist nach Hongkong gereist!" sagte Jan mit finsterer Miene.

Red schüttelte den Kopf, als er die Einzelheiten erfuhr. „So ein Pech." Dann wandte er sich an Tante Gertrud: „Sie hatten noch keine Gelegenheit, sich auf meinem Gips zu verewigen! Ich mache Ihnen einen Vorschlag – Sie dürfen Ihren Namen draufsetzen und ich bekomme dafür ein Stück Kuchen!"

Er gab ihr einen Kugelschreiber und sie schrieb ihren Namen auf den ehemals weißen Gips, der inzwischen über und über mit Unterschriften bekritzelt war. „Wenn ihr bloß eure Finger von diesem Rubin-König gelassen hättet, dann wäre dein Arm jetzt noch ganz!"

„Ist alles im Dienst passiert", grinste Red. „Für meine Freunde tue ich alles!"

In diesem Augenblick klingelte es an der Tür. Draußen stand ein Mann, der sich als Peter Carpenter vorstellte. Er zeigte einen Ausweis, aus dem hervorging, daß er von der Sicherheitsabteilung einer Versicherungsgesellschaft kam.

„Ich möchte gern mit Fenton Hardy sprechen", erklärte er.

„Mein Vater ist nicht zu Hause", erwiderte Frank. „Aber wollen Sie nicht hereinkommen? Vielleicht können mein Bruder und ich Ihnen behilflich sein?

„Ich habe von dir gehört", sagte Carpenter. „In Ordnung, ich kann das vielleicht auch mit euch besprechen."

Frank führte den Besucher ins Wohnzimmer, und auch Mrs. Hardy, Tante Gertrud und Jan gesellten sich zu ihnen. Red blieb bei seinem Stück Pfirsichkuchen in der Küche sitzen und spitzte die Ohren.

„Wir möchten entweder euch oder euren Vater mit Nachforschungen beauftragen", begann der Mann.

„Es tut uns leid, aber wir sind im Moment anderweitig beschäftigt. Und Vater auch", wehrte Frank ab.

„Meint ihr den Fall ‚Rubin-König'?"

„Woher wissen Sie denn das?"

„Die Sache betrifft uns auch. Die Schachfigur war nämlich bei uns versichert." Carpenter zog eine Akte hervor und fuhr fort: „Meine Gesellschaft muß eine stattliche Summe auszahlen, wenn der Rubin-König nicht wieder auftaucht. Wir wollten euch bitten, ihn für uns ausfindig zu machen."

„Herr Krassner hat uns auch schon darum gebeten", erklärte Jan. „Aber leider sieht es ganz danach aus, als ob die Figur schon außer Landes ist. Wahrscheinlich ist sie bereits in Hongkong."

„Dann müßt ihr sofort nach Hongkong fliegen!"

Ein Schachmeister verschwindet

„Euer Vater könnte nachkommen, sobald ihr die nötige Vorarbeit geleistet habt", fuhr Carpenter fort. „Als junge Männer habt ihr einen gewissen Vorteil. Ihr könnt euch als Studenten oder Touristen ausgeben."

Frank und Jan waren sprachlos. Sie versuchten, den Vorschlag gelassen hinzunehmen, aber sie hatten Herzklopfen vor Aufregung beim Gedanken an eine Reise nach Fernost!

„Wir müssen noch mit unserem Vater darüber reden", erklärte Frank. „Wie können wir Sie erreichen, Mister Carpenter?"

„Ich bin bis morgen nachmittag in meinem Büro. Ich hoffe, daß ihr den Auftrag annehmen werdet. Wir erstatten euch alle eure Auslagen, und zusätzlich erhaltet ihr als Honorar einen Prozentsatz von der Summe, die ihr uns einspart."

Als der Mann gegangen war, stürzte Red ins Wohnzimmer. „Hab ich recht gehört? Der Mann will euch tatsächlich nach Hongkong schicken?"

„Sehr richtig", antwortete Tante Gertrud. „Aber das kommt gar nicht in Frage!"

„Komm, Gertrud", wandte Mrs. Hardy ein, „vielleicht ist es gar keine so schlechte Idee."

„Schlecht? Es wäre eine Katastrophe! Wir würden die beiden wahrscheinlich nie wiedersehen. Vermutlich wird man sie kidnappen und in eine Opiumhöhle verschleppen!"

„Sie machen sich viel zuviel Sorgen", beschwichtigte sie Red. „Wenn ich dabei bin, kann ihnen gar nichts passieren!"

„Red, du hast einen gebrochenen Arm", lehnte Jan ab. „Du kannst uns nicht helfen."

„Was soll das heißen? Damit bin ich sogar im Vorteil. Mit dem Gips am Arm kann ich jeden erledigen!"

„Sei doch vernünftig, alter Junge", sagte Frank und legte seinen Arm um Reds Schultern. „Die Versicherungsgesellschaft zahlt nur unsere Auslagen, deine nicht!"

„Ich habe ein paar Dollar gespart!" protestierte Red. „Und außerdem esse ich so gern chinesisch!"

„Nein!" widersprach Jan.

„Also, dann vergeßt's!" Red versuchte zu lächeln. „Aber bringt mir wenigstens ein Souvenir mit! Vielleicht einen geschwungenen Dolch?"

„Zu gefährlich", spottete Frank. „Wie wär's mit einer Räuchervase?"

„Pfui Teufel!" schimpfte Red und ging.

Frank rief im Flughafen an. Für den nächsten Tag waren alle Flüge ausgebucht, und so ließen sie sich für den ersten Flug am übernächsten Tag Plätze reservieren.

„Ich bin sicher, daß Vater damit einverstanden ist", meinte Jan. „Am besten besorgen wir uns die nötigen Papiere und lassen uns impfen."

„Einverstanden. Und dann besuchen wir Mrs. Krassner. Vielleicht gibt sie uns ein Empfehlungsschreiben an ihre Familie mit."

In Hochstimmung fuhren Frank und Jan zum Arzt und ließen sich die notwendigen Spritzen geben. Anschließend begaben sie sich zu dem Haus des Maklers, wo Frau Krassner sie freundlich empfing. Ihr Mann war im Büro. Als sie von der geplanten Reise nach Hongkong erfuhr, zog sie die Augenbrauen in die Höhe. „Glaubt ihr nicht, daß das zu gefährlich für euch ist?"

„Wir haben schon viele gefährliche Aufträge ausgeführt", versicherte ihr Frank. „Meinen Sie, wir könnten Ihre Familie besuchen, Mrs. Krassner?"

„Aber ja, es wird ihnen eine Ehre sein, wenn sie euch behilflich sein können. Ihr seid sicher, daß der Rubin-König nach Hongkong gebracht worden ist?"

„Ziemlich sicher."

Frau Krassner ging in die Bibliothek und verfaßte einen Brief in chinesischer Sprache. „Den gebt ihr meinem Vater, Moy Chen-Chin."

„Und wo finden wir den Herrn?" wollte Jan wissen.

Frau Krassner lächelte. „Jeder kennt Moy Chen-Chin."

Auf dem Weg nach Hause unterhielten sich die jungen Detektive voller Begeisterung über diese einmalige Gelegenheit. „Sollen wir heute abend Conrad Greene davon erzählen?" meinte Jan.

„Natürlich, warum auch nicht? Wir sagen es ihm nach der Vorstellung", stimmte Frank zu.

Beim Abendessen fragte ihre Mutter: „Wo ist bloß euer Appetit geblieben? Ihr eßt ja gar nichts?"

„Wahrscheinlich sind wir zu aufgeregt", erwiderte Frank.

„Beeil dich, Jan. Das Schachturnier fängt gleich an."

Die riesige Stadthalle war zur Hälfte besetzt, als die Hardys ankamen. Auf der Bühne stand ein langer Tisch, an dem schon sechs von Greenes Schachpartnern Platz genommen hatten.

„Conrad kommt bestimmt durch die Hintertür!" meinte Jan. „Er mischt sich nicht gern unters Volk!"

Die Brüder schauten sich um und nickten ab und zu Freunden und Nachbarn zu. Plötzlich entstand hinter der Bühne ein lautes Durcheinander, das sich nach einer Auseinandersetzung anhörte.

„Hilfe! Hilfe!" schrie ein Mann.

„Das ist Conrad!" rief Frank.

Die Hardys sprangen auf die Bühne. Jan rannte durch die Tür auf der linken, Frank durch die auf der rechten Seite. Aber der Raum dahinter war leer! Sie hasteten zur Hintertür hinaus und schauten sich um. Außer einem etwa zehnjährigen Jungen war nichts zu sehen!

„Ich habe ihn gesehen", meldete sich der Kleine eilfertig. „Ich habe alles gesehen!"

„Was war denn los? Schnell!" drängte Jan.

Der Junge erzählte, daß er gerade sein Fahrrad abgestellt hatte, als er einen Mann ins Gebäude gehen sah. „Dann sprangen zwei Typen aus einem Auto und stürzten sich auf ihn. Der Mann hat geschrien und um sich geschlagen, aber die beiden Kerle haben ihn ins Auto gezerrt!"

„In welche Richtung sind sie gefahren?" wollte Frank wissen.

Der Junge deutete auf eine Seitenstraße, die zum Hafen führte.

Sie bedankten sich, rannten zur nächsten Telefonzelle und riefen das Polizeirevier an. Collins war nicht im Dienst. Ein anderer Beamter nahm ihren Bericht über Conrad Greenes Entführung auf. Er versprach, sofort einen Streifenwagen zur Stadthalle zu schicken, um der Sache nachzugehen.

Als er aufgehängt hatte, fiel Jan plötzlich ein: „Du, Frank, bestimmt haben sie Greene auf die Queen Maru gebracht! Ich glaube sowieso, daß Ono mit der Schlangenbande zusammenarbeitet!“

„Das Schiff fährt erst um Mitternacht aus, wir haben also noch ein wenig Zeit. Komm, wir fahren zum Hafen!“

Als sie die Anlegestelle erreichten, trauten sie kaum ihren Augen: Die Queen Maru legte gerade langsam ab!

„Sie fährt früher als vorgesehen los!“ rief Jan. „Komm, Frank, wir müssen sie aufhalten!“

Die Brüder riefen noch einmal bei der Polizei an. Collins war alarmiert worden und war gerade damit beschäftigt, eine Suchaktion nach Greene einzuleiten.

„Vermutlich ist er auf der Queen Maru“ berichtete ihm Frank hastig. „Sie verläßt gerade den Hafen!“

„Das habt ihr gut gemacht“, lobte Collins. „Ich werde die Hafenpolizei alarmieren, die sollen sie abfangen.“

„Wir nehmen unser Boot, die ‚Detektiv‘“, informierte ihn Frank, „und treffen Sie dann in der Bucht!“

Das schnittige Motorboot der Hardys lag im Jachthafen. Die Jungen rannten dorthin und schossen schon ein paar Minuten später durch die Barmet-Bucht. Der Lichtkegel ihres starken Suchscheinwerfers erhellte die Wellenkämme.

Schon bald tauchten die verschwommenen Umrisse der Queen Maru am dunklen Horizont auf. Jan hatte das Steuer ihres Bootes übernommen und kreiste um das langsamere Frachtschiff.

„Keine Seele an Deck“, bemerkte Frank.

Er schaute zum Hafen zurück. Das Schiff entfernte sich immer mehr von Bayport, wenn auch nur mit sehr geringer Geschwindigkeit Endlich, kurz vor dem Ende der Dreimeilenzone, sahen sie aus der Ferne ein Licht auf sie zurasen.

„Da kommt das Polizeischiff!“ rief Frank.

Das Boot näherte sich mit aufblitzenden Signallampen. Die Hardys hatten keine Mühe, die Blinkbotschaft zu entziffern: „Polizei! Sofort anhalten und Leiter ablassen! Wir kommen an Bord!“

Das Motorboot ging längsseits, und drei Polizisten kletterten an Deck. Frank und Jan befestigten die „Detektiv“ am Polizeiboot und folgten den Beamten.

- Sie wurden von Kapitän Ono mit einem breiten Lächeln auf dem Gesicht erwartet. „Was kann ich diesmal für Sie tun?“ fragte er und schaute in die Runde, wobei er seinen Blick eine Weile auf den Hardys ruhen ließ.

„Ein Mann ist entführt worden!“ erklärte Collins. „Es besteht der Verdacht, daß er auf Ihr Schiff gebracht wurde.“

Ono verneigte sich. „Bitte sehen Sie sich um. Hier ist weder eine Kiste noch ein Gefangener.“

Die Polizei durchsuchte Laderaum, Kombüse, Mannschaftsunterkünfte und die Kapitänskajute sehr gründlich. Frank und Jan schlenderten auf dem Deck hin und her.

„Komm, wir nehmen mal die Rettungsboote unter die Lupe“, schlug Frank vor.

Sie hoben bei jedem Boot die Segeltuchplane an, konnten aber nichts Verdächtiges entdecken. Als die Polizei wieder nach oben kam, waren sie gerade am letzten Rettungsboot. An einem Ende flatterte ein Stück der Plane im Wind.

„Sei vorsichtig, Jan“, warnte Frank. „Vielleicht ist das Segeltuch nicht allein vom Wind losgerissen worden!“ Er winkte Collins. „Hierher!“ rief er.

Die Polizisten kamen angerannt. Einer leuchtete unter die Abdeckplane und befahl dann in scharfem Ton: „Kommen Sie sofort mit erhobenen Händen heraus!“

Die gebeugte Gestalt eines Mannes tauchte aus dem Rettungsboot auf!

„Donnerwetter!“ rief Jan. „Das ist ja Gerard Henry!“

Verdächtige Spur im Chinesenviertel

Der Festgenommene warf ihnen böse Blicke zu, als die Polizei ihn an Deck zog und ihm Handschellen anlegte. Kapitän Ono wurde herbeigerufen – er war sprachlos.

„Ist . . . ist das der entführte Mann?“ fragte er.

„Nein“, antwortete Collins. „Aber er ist ein entflohener Häftling!“

„Wie sind Sie denn auf mein Schiff gekommen?“ wandte sich Ono streng an Henry.

Der Mann gab zu, kurz vor dem Auslaufen an einem Seil an Bord geklettert zu sein.

Collins erkundigte sich bei Ono: „Warum sind Sie bereits vor der Zeit ausgelaufen?“

„Alles war verladen. Warum hätten wir dann noch warten sollen?“

„Haben Sie den Hafenmeister informiert?“

„Natürlich! Wir halten uns an die Vorschriften!“

Der Gefangene wurde ins Polizeiboot gebracht, und Ono erhielt die Erlaubnis, seine Fahrt fortzusetzen. Frank und Jan sprangen in die „Detektiv“ und machten sich auf den Heimweg.

Zu Hause rief gerade ihr Vater an. Frank ging ans Telefon und erzählte ihm von der geplanten Reise nach Hongkong. „Du bist doch einverstanden, Papa?“ fragte er.

„Selbstverständlich. Ich komme so schnell wie möglich nach. Vorher habe ich noch in Dallas, Taxas, zu tun. Es sieht so aus, als wäre das Maßanzug-Juwelen-Geschäft dort gerade wieder am Aufblühen.“

Am nächsten Morgen erschien zur Frühstückszeit Phil Cohen.

„Guten Morgen, Phil", begrüßte ihn Frank. „Was tust du denn so früh hier?"

Phil war ziemlich ernst. „Mir ist etwas Merkwürdiges aufgefallen. Ich wollte mit euch darüber reden. Es geht um Red."

„Was ist denn los mit ihm?"

„Er war gestern nachmittag in Paul Goos chinesischer Wäscherei."

„Daran finde ich gar nichts merkwürdig", wandte Jan ein. „Vielleicht hat er seine Hemden hingebracht."

„Seine Mutter kümmert sich um seine Wäsche. Er hat nichts hingebracht und auch nichts abgeholt. Bevor er hineingegangen ist, hat er sich auf der Straße umgeschaut, als ob er sicher sein wollte, daß ihm niemand dabei zusah! Das fand ich ziemlich verdächtig!"

„Hm!" meinte Frank nachdenklich. „Warum sollte er so etwas tun?"

„Das ist es ja gerade: So was paßt gar nicht zu Red", fuhr Phil fort. „Haltet ihr es für möglich, daß er mehr über euren Fall weiß als er euch sagt? Er war doch sehr häufig mit Krassner zusammen! Außerdem wäre er so gern mit nach Hongkong gefahren. Vielleicht will er auf eigene Faust weiterermitteln?"

„Ich werde das gleich nachprüfen", unterbrach Frank und rief die Morton-Farm an. Red war am Apparat.

„Hallo, altes Haus!" Frank fiel gleich mit der Tür ins Haus. „Was hast du denn gestern in der Wäscherei von Paul Goo zu tun gehabt?"

Red schwieg eine Weile verlegen, dann wollte er wissen: „Wer hat dir denn das erzählt?"

„Ein kleiner chinesischer Vogel. Also, was hast du dort getrieben?"

„Ach, nichts, ich habe nur ein paar Lychee-Nüsse geholt."

„Sag mir die Wahrheit, Red!"

„Das tu ich doch. Ist es etwa verboten, in eine chinesische Wäscherei zu gehen?" Red gab keine weiteren Auskünfte mehr.

Frank war ebenfalls beunruhigt, als er schließlich aufgehängt hatte. „Wir sehen uns mal die Wäscherei an", schlug er vor. „Vielleicht kommen wir dann weiter. Du hast recht, Phil, Red benimmt sich äußerst seltsam."

„Gut", stimmte Jan zu. „Aber unterwegs sollten wir im Polizeihauptquartier vorbeischauen, vielleicht wissen die etwas Neues über Conrad Greene."

„Also, bis später", verabschiedete sich Phil. „Sagt mir Bescheid, wenn ihr etwas herausbekommt." Er verschwand durch die Hintertür, gerade als am Haupteingang kichernde Stimmen ertönten. Jan öffnete die Tür, und Callie Shaw und Anne Morton kamen hereingeschneit.

Frank grinste Callie an. Sie war ein hübsches blondes Mädchen mit braunen Augen, das er schon lange kannte. „Tag! Was gibt's?"

„Wir verkaufen Eintrittskarten für eine Wohltätigkeitsveranstaltung!"

„Wann, wo, warum?"

„Heute abend, in der Scheune hinter unserem Haus!" verkündete Anne. „Genau um acht Uhr."

„Welchem guten Zweck soll denn die Veranstaltung dienen?" wollte Jan wissen.

„Das ist unser Geheimnis. Ihr müßt unbedingt kommen!" Anne faßte in die Tasche und zog zwei Eintrittskarten heraus, die sie Jan überreichte. „Bezahlen könnt ihr später!"

Mrs. Hardy und Tante Gertrud begrüßten die Mädchen und begannen mit ihnen zu plaudern, während sich die Brüder auf den Weg zum Polizeipräsidium machten. Dort erfuhren sie, daß man von Conrad Greene noch keine Spur hatte und daß gegen Paul Goo, den Besitzer der chinesischen Wäscherei, nicht das geringste vorlag.

„Er ist schon lange in Amerika", sagte Collins. „Ein freundlicher alter Herr und ein großer Kinderfreund."

Frank und Jan bedankten sich und fuhren zur Hauptstraße des

kleinen Chinesenviertels von Bayport. In der Wäscherei roch es nach Seife, Stärke und Dampf.

Paul Goo stand hinter einem Metallregal. Er war ein hagerer älterer Mann. Seine Augen waren nur kleine Schlitze in dem faltigen Gesicht. „Guten Tag", sagte er und lächelte. „Bringen Sie Hemden?"

„Heute nicht", antwortete Frank freundlich. Wir wollten uns nur nach Ihren Preisen erkundigen."

„Bei mir ist alles sehr billig!" Goo überreichte den Jungen ein Blatt Papier, auf dem alle Preise verzeichnet waren.

„Vielen Dank", meinte Frank. „Haben Sie Lychee-Nüsse?"

Der alte Mann blinzelte. „Natürlich. Für meine Freunde immer." Er faßte unter den Ladentisch und zog zwei der dünnschaligen Nüsse hervor, die bei den Orientalen so beliebt sind und überreichte jedem der beiden eine.

„Vielen Dank", sagte Jan. „Sie sind wirklich sehr freundlich."

Er wandte sich zum Gehen, aber Frank zögerte noch. „Stammen Sie eigentlich aus Hongkong, Herr Goo?"

Der alte Wäschereibesitzer lächelte übers ganze Gesicht. „Ja. Wie haben Sie das erraten? Viele Leute in unserem Viertel sind aus Hongkong."

Draußen knackten die Brüder ihre Nüsse. „Nicht schlecht", sagte Jan, „was hältst du von Goo?"

„Scheint in Ordnung zu sein. Aber man kann nie wissen. Am besten lassen wir Red beschatten, um herauszufinden, was er vorhat. Phil Cohen würde sich dafür eignen!"

Die Hardy-Boys hielten bei Phil zu Hause an. Schon im Vorgarten hörten sie, daß drinnen Klavier gespielt wurde. Ihr Freund war gerade dabei, ein Lied zu komponieren.

„Entschuldige bitte, daß wir dein Konzert unterbrechen", spöttelte Jan. „Aber wir brauchen dich dringend für einen kleinen Überwachungsauftrag."

„Ich bin dabei. Wen soll ich denn überwachen?"

„Red. Du mußt herausfinden, ob er noch einmal zu der chine-

Schneider-Buch

Großes Schneider-Buch-Preisrätsel!
400 Bücher zu gewinnen!

Lieber Schneider-Buch-Leser!

Schicke mir diese Karte mit der richtigen Lösung und du nimmst an der nächsten monatlichen Verlosung teil. 400 Schneider-Bücher werden jeden Monat verlost! Es werden nur ausreichend frankierte Rätselkarten angenommen. Benachrichtigt werden nur die Gewinner. Der Rechtsweg ist ausgeschlossen. Die Beteiligung ist nicht an den Kauf eines Schneider-Buches gebunden. Du bekommst die Karten auch lose in deinem Buchgeschäft.

Viel Spaß und herzliche Grüße Dein Onkel Franz

PS.: Diese Rätselkarte ist nur gültig für die monatliche Verlosung von 400 Schneider-Büchern. Diese Rätselkarte ist **nicht** gültig für die Aktion „Ein Schneider-Buch für fünf Rätselkarten".

Postkarte

Onkel Franz
von den Schneider-Büchern
8000 München 100

Postkarten-Porto

Schneider-Buch-Preisrätsel

400 Bücher zu gewinnen!

Hier abtrennen

275/Als Geschmacksmuster geschützt.

Name: ____________________

Straße: ____________________

Postleitzahl: __________ Ort: ____________________

Achtung:
Absender nicht vergessen!
Nur mit Schreibmaschine oder mit Kugelschreiber in Blockbuchstaben ausfüllen!

Ich bin ________ Jahre alt.
Ich bin ☐ ein Junge
Ich bin ☐ ein Mädchen

Welcher Titel gehört zu dem hier abgebildeten Titelbild?

Den richtigen Titel bitte ankreuzen.

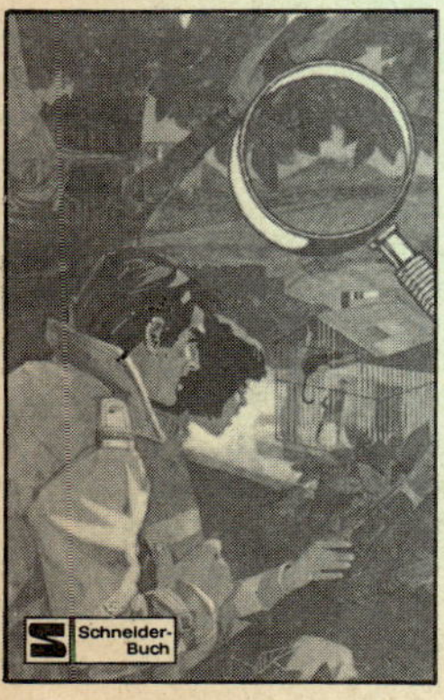

☐ Börje Isakson
DIE UNZERTRENNLICHEN
Spione im Wald

☐ Wolf Neumeister
Dem Geisteraffen
auf der Spur

☒ Jo Pestum
Wenn der Panther schläft

☐ Ivan Tors
Expedition ins Ungewisse

sischen Wäscherei geht. Vielleicht ist er gerade dabei, eine große Dummheit zu begehen."

„Wird gemacht", stimmte Phil zu. „Ich rufe Anne an. Sie soll mir Bescheid geben, sobald Red noch einmal in die Stadt fährt."

Beim Hinausgehen hörten die Brüder gerade noch, wie Phil von neuem mit dem Klavierspiel begann.

Eine Stunde später rief er sie zu Hause an. „Ich habe gerade mit Anne gesprochen. Red ist in Richtung Stadt unterwegs! Ich mache mich sofort auf den Weg ins Chinesenviertel."

„Gut. Halte dich immer im Hintergrund und berichte uns dann, was sich tut!"

Während die Hardys zu Mittag aßen, baute sich Phil in einem Hauseingang auf, von dem er Paul Goos Geschäft im Auge behalten konnte.

Nur kurze Zeit später kam Red auch schon angeschlendert. Er bewegte ständig die Lippen, als würde er mit sich selbst reden.

Ich glaub, den armen Kerl hat es erwischt, dachte Phil. Er kam aus seinem Versteck hervor und ging unauffällig hinter Red her, der völlig geistesabwesend zu sein schien.

Als Red die Wäscherei betrat, versuchte Phil eng an das Gebäude gepreßt in der Nähe des Eingangs zu lauschen. Er konnte nicht hören, was gesprochen wurde, aber Red und Goo unterhielten sich etwa zehn Minuten lang mit gedämpfter Stimme. Dann ging ein anderer Kunde hinein. Das Gemurmel hörte auf und Red kam mit einem Zettel in der Hand heraus.

Er schaute das Stück Papier so konzentriert an, daß er geradewegs in Phil hineinrannte. „Ach, grüß dich!" rief er etwas verwirrt.

„Na, hast du noch mehr Nüsse geholt?" meinte Phil bissig.

Red ließ sich durch diese anzügliche Frage nicht im geringsten aus der Ruhe bringen. „Nein, heute nicht. Also, ich muß jetzt weiter."

Phil schaute Red nach. Zufällig sah er, daß das Stück Papier auf den Boden fiel. Red schien nichts bemerkt zu haben, er stieg in seine alte Kiste und fuhr los.

Phil rannte zu der Stelle und hob den Zettel auf. Die Hardys werden Augen machen! dachte er sich, und ein paar Minuten später war er schon bei ihnen.

„Frank, Jan!“ rief er und pochte ungeduldig an die Tür.

„Was ist denn los?“ Frank ließ ihn herein. „Du bist ja ganz außer Atem!“

„Seht euch das mal an!“ Phil gab ihm den Zettel.

Darauf waren fein gemalte chinesische Schriftzeichen abgebildet, daneben die englische Aussprache.

Jan sagte: „Vielleicht dient Red als eine Art Kurier! Es könnte eine Nachricht für jemand sein.“

„Und vielleicht soll er sie mündlich übermitteln, deshalb hat er vor sich hingemurmelt!“ ergänzte Phil und gab den Vorfall in allen Einzelheiten wieder.

„Wir müssen damit zu einem Experten für fernöstliche Sprachen gehen“, schlug Frank vor.

„Das wäre am besten“, stimmte Phil zu. „Ich gehe wieder heim und arbeite an meiner Komposition weiter.“

Während Frank und Jan das mysteriöse Blatt Papier studierten, klingelte das Telefon. Jan hob ab. Es war der alte Mister Greene.

„Ich habe euch was Wichtiges mitzuteilen“, meldete er mit zitternder Stimme.

„Was gibt es denn?“

„Ich kann es euch nicht am Telefon sagen. Ihr müßt so schnell wie möglich hierherkommen!“ Der Alte legte auf.

„Menschenskinder, ist das ein verrückter Tag“, Jan seufzte. „Meinst du, Greene hat eine Lösegeldforderung erhalten?“

„Wir werden's gleich wissen. Komm!“

Eine dreiviertel Stunde später parkten sie vor dem Haus an den Klippen. Sie gingen eilig zur Tür und waren sprachlos, als ihnen der Schachmeister selbst öffnete!

„Conrad Greene!“ stieß Frank hervor. „Wie haben Sie sich befreit? Und wo hat man Sie festgehalten? Wer hat sie entführt?“

„Eins nach dem andern! Kommt erst einmal herein!“ erwiderte Greene und lachte.

Im Wohnzimmer schilderte er ihnen genau, was sich ereignet hatte. Gesehen hatte er seine Entführer nicht, da man ihm eine Kapuze über den Kopf gezogen hatte. Er wußte auch nicht, wo man ihn festgehalten hatte, aber es war ihm klar weshalb. „Die Entführer haben unter Drohungen von mir verlangt, nicht die internationale Meisterschaft zu gewinnen! Sie haben mir nichts angetan, aber sie werden es mit Sicherheit tun, wenn ich versuche, zu gewinnen. Sie haben mich gerade eben freigelassen.“

„Haben Sie die Polizei informiert?“ erkundigte sich Frank.

„Noch nicht. Zuerst wollte ich mit euch reden.“

Frank ging zum Telefon und rief Collins an. Dann wandte er sich an seinen Bruder: „Komm, wir entfernen die Wanze. Ich glaube nicht, daß wir die Bande damit noch täuschen können, wenn das überhaupt jemals der Fall war.“

Das war schnell erledigt, und die Brüder fuhren weg. Auf dem Heimweg ging Frank verschiedenes durch den Kopf: „Ich glaube, das Ganze wurde inszeniert, um Conrad aus der Ruhe zu bringen.“

„Damit könntest du recht haben“, schloß Jan sich an.

Sie besprachen den neuesten Stand der Dinge. Die Schlangenbande hatte den Rubin-König gestohlen und es schien logisch, daß sie auch Greene entführt hatten. Aber warum verlangten sie von ihm, auf den Gewinn der Meisterschaft zu verzichten? Er würde den wertvollen Preis jetzt doch sowieso nicht mehr erhalten!

„Das ergibt keinen Sinn!“ überlegte Frank und schaute auf seine Uhr. „Es ist schon zu spät, um herauszufinden, was auf diesem Zettel mit der chinesischen Schrift steht. Es ist gerade Zeit zum Abendessen. Und um acht fängt die Party auf der Morton-Farm an.“

Als die Brüder bei den Mortons eintrafen, schallte bereits laute Musik aus der Scheune hinter dem Haus. Frank und Jan gingen hinein. Das große hölzerne Gebäude war mit farbigem Krepp-Papier und Ballons festlich geschmückt. Viele ihrer Freunde von der Schule und aus Bayport und Umgebung hatten sich eingefunden. Zu den rhythmischen Klängen einer Drei-Mann-Band wurde eifrig getanzt.

„Da ist ja allerhand los!“ freute sich Jan.

Callie und Anne begrüßten die beiden, nahmen sie an der Hand und führten sie zu einem langen Tisch. Darauf befand sich ein großes Bowlegefäß und eine Menge Sandwiches.

„Würdest du uns bitte erklären, was hier eigentlich los ist, Anne!“ drängte Jan. „Du hast gesagt, die Party sei für einen guten Zweck bestimmt!“

„Stimmt auch. Und ihr spielt dabei die Hauptrolle!“

„He, was habt ihr mit uns vor?“

Anne unterbrach ihn und legte ihre Hand auf seinen Arm. Gleichzeitig klopfte sie mit einem Löffel an die Bowlenschüssel und rief: „Ruhe bitte!“

Es wurde still in der Halle.

„Wie ihr alle wißt“, begann Anne, „reisen unsere beiden Freunde mit einem gefährlichen Auftrag nach Hongkong. Deshalb waren wir alle der Meinung, daß sie dringend einen Leibwächter brauchen – und zwar einen großen. Wir veranstalten dieses Fest, um Geld aufzubringen für diesen Leibwächter!“

Die Hardys waren sprachlos. „Wer soll das denn sein?“ fragte Jan schließlich grinsend.

„Wer kommt denn außer mir in Frage?“ erklärte Red strahlend.

Alle klatschten.

„Darauf hätten wir selbst kommen können“, meinte Jan. „Er ist wirklich unser größter Freund – oder vielmehr unser dickster!“

„Darauf kommt's gar nicht an“, meinte Red. „Ich habe auch

andere Fähigkeiten, die mich unentbehrlich machen!"
„Und die wären?" Frank hatte Mühe, ernst zu bleiben.
„Zum Beispiel mein ausgezeichnetes Chinesisch! Hört mal zu: Ho-La-Ma, Mmm Goy, Ngor But Duck Lew Ah-h-h, Gau Miang Ah-h-h, Mau Sot Ah-h-h-h!"
„Also das stand auf dem Zettel!" rief Frank.
Red verzog den Mund zu einem herablassenden Lächeln. „Ihr seid drauf reingefallen! Ich hab ihn absichtlich verloren."
Frank und Jan packten den Freund und klopften ihm auf die Schulter. „Und jetzt erzählst du uns sofort, was das heißt!"
Red holte tief Atem. „Es heißt: Hallo, bitte, ich bin in Gefahr – Hilfe – Mord!"

Lauernde Schlangen in Hongkong

Auf ein Signal von Phil Cohen spielte die Band eine Melodie, die alle mitriß, und die ganze Mannschaft begann zu singen:

Red, Frank und Jan, auf Wiedersehn!
Mal oben, mal unten, so wird's euch ergehn.
Ihr holt den König aus Hongkong,
Gibt's auch Banditen wie Eggleby und Fong.

Jan lachte über das Ständchen, und Frank erkannte die Melodie wieder, die Phil am Klavier komponiert hatte. Dann folgte ein Refrain:

Die Hardy-Boys aus Bayport
Sind unsere Freunde jederzeit.
Doch als Schrecken der Ganoven
Kennt jedes Kind sie weit und breit!

Als Frank, Jan und der unausgeschlafene Red am nächsten Morgen um sechs in Bayport abflogen, ging ihnen der fröhliche Gesang immer noch im Kopf herum. Der Flug verlief ziemlich langweilig, und die Jungen waren sehr müde, als das große Flugzeug am Abend endlich bei starkem Regen auf dem Kai-Tak-Flughafen landete.

„Bevor wir den Flughafen verlassen, sollten wir uns nach dem Teppich erkundigen!" schlug Frank vor.

Sie begaben sich zur Güterabfertigung und fragten nach der entsprechenden Sendung. Ein Angestellter gab ihnen freundlich Auskunft, doch der Name des Mannes, der den Teppich abgeholt hatte, war ihm nicht bekannt. Er wollte sich aber danach erkundigen und sie später im Hotel anrufen.

Sie besorgten sich ein Taxi und gaben dem Fahrer die Adresse ihres Hotels, dem Star Terminal in Kowloon.

Als sie sich der Stadt näherten, rief Red: „Meine Güte, ist die groß!"

„Was hast denn du erwartet?" stichelte Frank. „Ein verträumtes kleines Fischerdörfchen? Schaut euch mal diese Bucht an!"

Auf sanft ansteigenden Hügeln ringsum standen hohe, weiße Appartementhäuser wie Wächter, die auf die modernen Bürogebäude aus Glas und Stahl in die Hafengegend hinabschauten.

Endlich erreichten sie ihr Hotel. „Mensch, bin ich kaputt!" beklagte sich Red.

„Wir legen uns aufs Ohr, sobald wir oben sind!" befahl Jan.

Sie gingen sofort auf ihr reserviertes Zimmer und waren eine halbe Stunde später schon fest eingeschlafen.

Am nächsten Morgen wachten sie ausgeruht auf und waren voller Unternehmungslust. Jan zog die Vorhänge auf. „Seht euch mal diese Aussicht an!" Er deutete auf Fährschiffe, die im Hafen zwischen unzähligen Dschunken, Sampans und alten Fischerbooten ihre Ziele ansteuerten.

„Ein Frühstück wäre mir jetzt lieber", nörgelte Red.

„Keine schlechte Idee", stimmte Frank zu, „und anschließend besuchen wir Frau Krassners Eltern. Ich rufe sie gleich an und bereite sie auf unseren Besuch vor."

Eine Stunde später gingen die Jungen zum Anlegeplatz und warteten auf die nächste Fähre nach Hongkong. Sie gelangten schließlich auf das Fährboot inmitten einer gutgelaunten und drängenden Menge, die einer Kolonie Ameisen glich.

Frank, Jan und Red saßen auf dem oberen Deck und schauten zu, wie das von Menschen wimmelnde Ufer Hongkongs immer näher kam. Weich legte die Fähre an und die Jungen gingen von Bord.

Frank besorgte ein Taxi und bat den chinesischen Fahrer, sie zum Haus von Moy Chen-Chin zu bringen.

Der Mann nickte und lächelte, offensichtlich beeindruckt von der Wichtigkeit seiner Fahrgäste.

Je weiter sich die Straße zwischen den Hügeln emporschlängelte, desto luxuriöser wurden die Häuser. Schließlich kamen sie am Besitz von Moy Chen-Chin an. Der Anblick, der sich ihnen bot, sagte alles über den Reichtum des Eigentümers aus.

Herrlich angelegte Gärten lagen auf beiden Seiten der Einfahrt und sahen so aus, als wäre das Ganze ein königlicher Park. Männer waren dabei, Bäume zu beschneiden und die Blumenbeete zu pflegen.

Das Taxi hielt vor einem phantastischen Haus mit einer Riesenterrasse. Ein älteres Ehepaar kam heraus und stellte sich vor: Es waren Herr und Frau Moy.

Während die Jungen auf die Veranda geführt wurden, flüsterte Red Frank zu: „Ich habe gedacht, sie heißen Chin."

„Im Chinesischen kommt immer der letzte Name zuerst", erklärte Frank.

Es wurde Tee serviert, und die Moys stellten den Jungen eine Menge Fragen über ihre Tochter und ihren Schwiegersohn.

Nachdem die drei Amerikaner ihnen viel über Bayport und das Leben dort erzählt hatten, wurde Herr Moy sehr ernst. „Ich weiß, daß ihr den Rubin-König sucht. Wollt ihr von einem weisen alten Mann einen Rat annehmen?"

„Was für einen Rat?" wollte Frank wissen.

„Gebt diese Sache auf! Sie wird euch nur Unglück, wenn nicht sogar den Tod bringen!"

Betretenes Schweigen folgte, das schließlich von Red unterbrochen wurde: „Daw Jer", sagte er, „das heißt vielen Dank."

Frau Moy lächelte. „Oh, du sprichst unsere Sprache! Wo hast du sie denn gelernt?"

„In Paul Goos Wäscherei", antwortete Red und erzählte die Geschichte, mit der er das chinesische Ehepaar sehr erheiterte.

„Ihr müßt euch alle Sehenswürdigkeiten anschauen", riet ihnen Herr Moy. „Bleibt ein oder zwei Wochen hier und macht euch eine schöne Zeit, bis ihr wieder heimfahrt!"

„Wir werden uns die Gegend ansehen, damit wir uns zurechtfinden", erwiderte Frank. „Aber wir können Ihren Rat nicht annehmen. Wir sind sowohl Herrn Krassner als auch der Versicherungsgesellschaft, die unsere Reise finanziert, verpflichtet."

Herr Moy zuckte die Achseln. Dann sagte er: „Unser Chauffeur Daniel wird euch die Umgebung zeigen. Seid ihr einverstanden, wenn er euch morgen so gegen zehn Uhr von eurem Hotel abholt?"

„Wir würden uns sehr freuen!" antwortete Jan.

Die Jungen bedankten sich alle einzeln bei dem freundlichen Ehepaar und kehrten zum Hotel zurück. Unterwegs rätselte Frank: „Ich möchte wissen, warum Herr Moy die Bemerkung über den Rubin-König gemacht hat. Er redet beinahe wie Conrad Greenes Vater!"

„Vermutlich weiß auch er von dem Fluch", mutmaßte Jan.

Im Hotel fanden sie eine Nachricht vom Flughafen vor. Der Mann, der den Teppich abgeholt hatte, hieß Choy Bok. Aber es war keine Adresse angegeben.

„Wir sehen mal im Telefonbuch nach", schlug Jan vor.

Er blätterte durch das Buch. „Hier sind sechs Leute mit diesem Namen", jammerte er.

„Am besten überprüfen wir jeden einzelnen", meinte Frank.

„Ich weiß nicht, ob das eine gute Idee ist", widersprach Jan. „Vielleicht warnen wir dadurch den richtigen Choy Bok."

„Die Gefahr besteht natürlich", entgegnete sein Bruder. „Aber irgendwo müssen wir anfangen. Wenn einer der Männer sich auf das Losungswort ‚Shah mat' etwas anmerken läßt, dann gibt uns das eventuell einen Anhaltspunkt."

Die Jungen verließen das Hotel und nahmen ein Taxi. Die ersten beiden Choy Boks wohnten in der ärmsten Gegend der Stadt und verstanden kein Wort Englisch. Der Taxifahrer wurde als Dolmetscher eingeschaltet. Doch keiner von ihnen reagierte, als das Losungswort erwähnt wurde. Die Hardy-Boys waren überzeugt, daß beide nichts mit der Schlangenbande zu tun hatten.

Mit den nächsten drei – auch alles ältere Männer – hatten die Detektive genauso wenig Glück. Der letzte Choy Bok lebte in einem der vornehmen Appartementhäuser, schien recht wohlhabend zu sein und sprach gut Englisch.

Er begrüßte die Jungen freundlich, und als Frank das Losungswort erwähnte, rief er: „Ach, ihr spielt Schach?"

Frank nickte. „Wir haben in unserer Heimatstadt Bayport einen Schachklub. Eines der Mitglieder ist Chinese. Er hat uns gebeten, seinen Freund Choy Bok in Hongkong zu besuchen."

„Wie heißt denn euer Freund?"

„Fong", antwortete Frank und beobachtete den Mann genau.

Choy Bok hob die Augenbrauen. „Ich glaube nicht, daß ich den kenne."

„Er hat vergessen, uns die Adresse zu geben, deshalb haben wir im Telefonbuch nachgeschaut, aber wir müssen uns getäuscht haben."

„Das glaube ich auch. Aber ich würde euch trotzdem gern zu einer Tasse Tee einladen."

Herr Choy rief seine Frau, und die freundlichen Leute boten ihnen einen Imbiß an. Nach einer kurzen Unterhaltung mit ihren Gastgebern bedankten sich die Freunde und gingen.

Müde und entmutigt von der ergebnislosen Detektivarbeit kehrten sie in ihr Hotel zurück.

Als sie in ihr Zimmer trotteten, sagte Jan: „Ich glaube, unsere ganze Arbeit war umsonst. Ich bin sicher, daß keiner der Männer, mit denen wir geredet haben, ein Mitglied der Schlangenbande ist."

Frank nickte. „Ich glaube es auch nicht. Ich setze einen Preis aus für denjenigen, der weiß, was wir jetzt tun sollen!"

„Abendessen und für heute Schluß machen", kam es wie aus der Pistole geschossen von Red. „Der Preis gehört mir!"

„Der Vorschlag gilt nicht", wehrte Frank ab. „Aber wir nehmen ihn trotzdem an."

Am nächsten Morgen Punkt zehn war Herrn Moys Chauffeur zur Stelle. „Ich fahre euch durch die Stadt und hinaus nach Aberdeen", erklärte er. „Wenn wir dann noch Zeit haben, besuchen wir die neuen Siedlungen im Grenzgebiet, von denen aus man in die Volksrepublik China sehen kann!"

Die Straße führte etliche Meilen an der öden Küste entlang. Dann kamen sie zu einer Bucht, in der Hunderte von Sampans Seite an Seite lagen.

„Wohnen die Leute hier auf dem Wasser?" wollte Red wissen.

Daniel, der Fahrer, nickte. „Das ist Aberdeen. Die Regierung versucht, diese Leute in Neubaugebiete umzusiedeln, aber es ist nicht einfach, Menschen, die auf diese Art leben, zu ändern." Er hielt einen Moment an, während die Jungen mit einer Mini-Kamera, die Frank und Jan mitgebracht hatten, Fotos machten.

Während sie fotografierten, kletterte ein kleiner Junge das steile Ufer zur Straße hoch. „Ich Kim-Kim. Ich euch helfen", sagte er.

„Ich glaube nicht, daß wir dich brauchen", antwortete Frank, aber der Zehnjährige ließ sich nicht abschrecken.

Er hielt sich an den gutmütigen Red. „Ich dir helfen!" erklärte er. „Du großer Mann. Ich trage Kamera."

Kim-Kim trug zerrissene Shorts und eine alte Armeejacke, deren lange Ärmel bis über die Hände reichten. Als die Amerikaner wieder ins Auto stiegen, schlüpfte er neben Red, bevor man ihn daran hindern konnte.

„Raus mit dir!“ befahl Daniel.

Aber Kim-Kim weigerte sich. Er trat nach allen Seiten um sich und klammerte sich an Red fest.

„Also gut“, willigte Frank schließlich ein. „Wir nehmen ihn mit, verpassen ihm eine gute Mahlzeit und übergeben ihn dann der Polizei.“

Der kleine Kerl grinste. „Ich euch Glück bringen!“ versprach er.-

Nach einer Weile bemerkte Frank eine halbkreisförmige Mauer an einem Hügel.

„Das ist ein sogenanntes Sitzgrab!“ erklärte Daniel. Er erzählte weiter, daß die Toten ein Jahr lang in einem solchen Grab beerdigt werden. „Dann werden ihre Gebeine wieder ausgegraben und in Tonkrügen aufbewahrt. „Da ist ein solcher Knochenkrug!“

Auf einem Feld stand ein knapp meterhoher erdfarbener Behälter.

„Der sieht aus wie die Keksdose meiner Mutter“, kommentierte Red.

„Ziemlich makaber, meint ihr nicht?“ Jan schüttelte sich.

Plötzlich setzte starker Monsunregen ein. Das Wasser rauschte in Strömen vom Himmel, und die Straße vor ihnen verwandelte sich in Sekundenschnelle in einen Wildbach.

„Das könnte gefährlich werden“, sagte Daniel besorgt und wendete.

Der Verkehr floß nur noch langsam. Als sie an einem Hügel entlangfuhren, rutschte plötzlich ein ganzer Erdwall ab und versperrte einen Großteil der Straße. Aber Daniel fuhr geschickt durch den gelben Schlamm und steuerte den Wagen schließlich sicher nach Kowloon zurück.

„Das ist also der Monsun!“ stellte Red aufseufzend fest, als sie die Hotelhalle betraten.

„Na, Kim-Kim, das haben wir ja mit deiner Hilfe glücklich überstanden“, sagte Jan freundlich und öffnete die Tür zu ihrem

Zimmer. „Und jetzt marsch unter die Dusche mit dir!"

Beim gemeinsamen Abendessen erfuhren sie von Kim-Kim, daß er keine Eltern mehr hatte. Es gelang dem aufgeweckten kleinen Kerl, sie zu überreden, ihn als Dolmetscher zu behalten. Am nächsten Tag kaufte ihm Red als erstes ein paar ordentliche Kleidungsstücke. Währenddessen las Frank in einer englischen Morgenzeitung einen Bericht über das Unwetter vom vorigen Tag.

„He, seht euch das mal an!" rief er plötzlich. „Hier ist Ming Dos Todesanzeige!"

Der weltberühmte Sammler von Schachfiguren war vor zwei Tagen gestorben. Die Beerdigung sollte am nächsten Tag stattfinden. In dem Nachruf stand, daß Ming Do das älteste Mitglied des Königlichen Schachklubs von Hongkong gewesen sei.

„Ming Do!" erinnerte sich Jan. „In dem Telegramm, das wir gefunden haben, stand doch, daß ein Mann mit dem Namen sehr krank sei!"

„Stimmt. Er muß derjenige gewesen sein, der hinter dem Rubin-König her war!" fügte Frank hinzu.

Als Red zurückkam, teilten sie ihm die Neuigkeiten mit. „Wirklich? Ob es wohl noch einen anderen Käufer gibt?"

Frank zuckte die Achseln. „Vielleicht können wir im Königlichen Schachklub etwas erfahren, das uns weiterhilft!"

Red und Kim-Kim sollten vor dem Klub, der nicht weit vom Hotel entfernt lag, warten. Die Hardys würden hineingehen und Nachforschungen anstellen.

Dreißig Minuten später betraten Frank und Jan den feudalen Klub und sahen sich um. Jan glaubte seinen Augen nicht zu trauen! Er stieß seinen Bruder an.

Hinten in der Ecke saß Fong und spielte mit einem anderen Mann Schach!

Die Hardys näherten sich dem Tisch so unauffällig wie möglich. Dann versteckten sie sich hinter einem schweren Vorhang und lauschten.

Die Männer unterhielten sich leise und ab und zu fiel der Name Rubin-König.

„Wer mag wohl der andere Kerl sein?" flüsterte Jan.

Plötzlich gab es einen Tumult, und die Brüder lugten vorsichtig aus ihrem Versteck hervor. Sie sahen, daß Kim-Kim hereingerannt kam, mit Red auf den Fersen.

„Frank, Jan!" schrie Kim-Kim.

„Du liebe Zeit", seufzte Frank, „das kann ja heiter werden!"

Eine üble Erpressung

„Halt, Kim-Kim! Warte!" rief Red. Die aufgeschreckten Klubmitglieder blickten die Eindringlinge mißtrauisch an.

Aber der kleine Chinesenjunge war nicht aufzuhalten. Flink wie ein Wiesel rannte er umher, bis er schließlich die Füße von Frank und Jan entdeckte, die unter dem Vorhang vorschauten. Er griff nach ihren Händen und zog die verlegenen Hardys mitten in den Saal.

„W-Was machst du denn?" stotterte Jan.

„Verlieren keine Zeit!" erklärte Kim-Kim. „Große Gefahr!"

Mit vor Zorn funkelnden Augen erhob sich Fong und ging auf die Lauscher zu. Er winkte zwei Angestellten, gab barsch eine Anweisung auf chinesisch, und die Männer ergriffen die jungen Detektive am Arm.

„Sieh mal an! Die Gartenzwerg-Detektive sind aus dem Kindergarten von Bayport ausgerissen! Wirklich niedlich! Was sucht ihr hier?"

„Das wissen Sie genau! Sie und dieses elende Schlangenpack!" schrie ihn Jan zornig an.

Fong grinste höhnisch, und auch die herumstehenden Männer lachten über die verwirrten jungen Amerikaner. „Sucht euch gefälligst einen anderen Platz für diese albernen Kinderspiele aus!“ fuhr Fong fort. „Und noch eines: Ich warne euch alle beide – und diesen Fettsack da auch –, ihr seid hier nicht in den Vereinigten Staaten! Fahrt nach Hause, bevor es zu spät ist!“

Auf chinesisch wandte er sich an die Angestellten, die daraufhin die Freunde und Kim-Kim auf die Straße setzten. Nachdem die Rausschmeißer verschwunden waren, schimpfte Frank: „Verdammter Mist, Red, wie konntest du nur zulassen, daß Kim-Kim uns alles verdirbt?“

„Das wollte ich wirklich nicht“, entschuldigte sich Red. „Er hat etwas aufgeschnappt, das sehr wichtig für euch sein muß und ist einfach losgerannt.“

„Und was war das?“

Kim-Kim drehte langsam den Kopf und flüsterte dann: „Zwei Männer auf andere Seite von Straße, vor Schaufenster, nicht sehen hin, euch umbringen. Haben gesagt auf chinesisch!“

„Danke, Kim-Kim, mach dir keine Sorgen. Wir überleben das schon“, beruhigte ihn Jan, aber seine Stimme klang nicht so überzeugt.

Die Hardys ließen sich nichts anmerken und taten so, als seien sie in ihre Unterhaltung vertieft. Frank machte währenddessen mit der kleinen Kamera unbemerkt ein paar Aufnahmen von den bezeichneten Männern. Anschließend gingen sie ins Hotel zurück und gaben unterwegs den Film in einem Fotogeschäft ab. Man versprach ihnen die fertigen Bilder noch für denselben Abend.

„Wahrscheinlich kriegen wir die nie zu sehen!“ meinte Red pessimistisch. „Ich wette, daß uns jemand gefolgt ist.“

„Die beiden Männer auf keinen Fall. Ich habe mich genau vergewissert“, widersprach Jan. „Es wäre aber nützlich, herauszufinden, wer sie sind. Wenn sie wirklich hinter uns her sind, könnten wir sie ja von der Polizei festnehmen lassen.“

Nach ihrer Ankunft im Hotel blieben Red und Kim-Kim unten im Restaurant, während die Hardys mit dem Aufzug nach oben fuhren. Was sie beim Betreten ihres Zimmers erblickten, verschlug ihnen die Sprache.

Wie ein stets willkommener Gast, die Füße auf einen kleinen Tisch gelegt, saß Fong bequem da und lächelte undurchdringlich. „Ist das nicht eine nette Überraschung?“ begrüßte er sie.

„Wie sind Sie ohne Schlüssel hier hereingekommen?“ fragte ihn Frank unwirsch.

„Immer schön ruhig bleiben“, entgegnete Fong lässig und bot den Brüdern sogar an, sich zu setzen. „Wie ich hereingekommen bin, ist ganz einfach – Kowloon ist sozusagen mein Jagdrevier.“

„Was wollen Sie eigentlich von uns? Sie haben doch den Rubin-König!“ entrüstete sich Frank.

„Geld, was sonst?“ gab Fong zurück. „Und ihr werdet es mir beschaffen. Damit könnt ihr auch euren eigenen Hals retten. Klingt interessant, nicht wahr?“

„Wie meinen Sie das?“ fragte Jan einigermaßen verwirrt.

Fong nahm die Füße vom Tisch, lehnte sich nach vorn und gestikulierte mit seinen langen schmalen Händen. „Ich möchte den Rubin-König der Versicherungsgesellschaft verkaufen“, erklärte er. „Zu einem sehr günstigen Preis, sagen wir 25 000 Dollar. Die Versicherungssumme ist, wie ihr wißt, sehr viel höher.“

Frank dachte fieberhaft nach. Natürlich war es für die Schlangenbande einfach gewesen, sich auszurechnen, daß ihre Reise nach Hongkong von der Versicherungsgesellschaft finanziert wurde, die für den Verlust der Schachfigur aufkommen mußte.

„Und was ist, wenn sie nicht auf den Handel eingehen?“

„Das können sie sich gar nicht leisten“, antwortete Fong. „Es ist ein gutes Geschäft! Ruft mich im Schachklub an, sobald ihr eine Antwort von euren Auftraggebern erhalten habt.“ Er ging zur Tür und drehte sich noch einmal mit finsterer Miene um: „Und keine Polizei bitte, oder der Familie von Frau Krassner geht es schlecht!“

Frank ging ein Licht auf. „Damit haben Sie also Frau Krassner unter Druck gesetzt und sie gezwungen, den Safe offen zu lassen?“

Die Frage schien Fong aus dem Gleichgewicht zu bringen, aber nur für den Bruchteil einer Sekunde. „Sagen wir mal so – Frau Krassner wurde dazu überredet“, erklärte er salbungsvoll. „Sie kennt die Macht der Schlangen! Ihr solltet ihrem Beispiel folgen!“

Als Fong gegangen war, besprachen die Jungen das merkwürdige Angebot und Frau Krassners Rolle bei dem Verschwinden der Schachfigur.

„Sie kann einem leid tun“, meinte Jan.

Draußen auf dem Gang erklangen schnelle Schritte, und Red kam zusammen mit Kim-Kim hereingestürzt.

„Fong!“ stieß Red hervor. „Er kam gerade aus dem Aufzug. Ich dachte, er hat . . .“

„. . . uns ermordet?“ unterbrach ihn Jan.

„Ja. Mensch, bin ich froh, daß ihr noch am Leben seid!“

Jan erzählte Red, was vorgefallen war, und Frank verfaßte ein Telegramm an die Versicherungsgesellschaft. Sie brachten es gleich hinunter zum Empfang und schickten es ab.

Für den Rest des Tages und während des Abendessens versuchten sich die Hardys auszumalen, wie die Versicherungsgesellschaft auf Fongs Vorschlag reagieren würde. Auf jeden Fall sahen die Jungen gefährlichen Zeiten entgegen!

Sollte die Antwort „Nein“ lauten, könnten sie tatsächlich in Lebensgefahr geraten. Würde die Gesellschaft aber bereit sein zu zahlen, war es keineswegs sicher, ob die Schurken sich an die Abmachung halten würden.

„Wie sollen wir uns verhalten, wenn Fong die 25 000 Dollar kassiert und den Rubin-König trotzdem behält?“ gab Red zu bedenken.

„Das wäre ziemlich egal“, erwiderte Jan. „In dem Fall sind wir dann vermutlich sowieso nicht mehr am Leben.“

Red und sein fernöstliches Anhängsel machten sich noch über den Nachtisch her. Frank und Jan gingen inzwischen durch die schwüle Nachtluft zu dem Fotogeschäft, wobei sie sich vergewisserten, daß ihnen niemand folgte. Die Abzüge lagen schon bereit, und die Aufnahmen waren einwandfrei.

„Wir bringen sie zur Polizei", schlug Frank vor. „Vielleicht läßt sich herausfinden, wer unsere lieben Freunde sind."

Der zuständige Beamte im Polizeipräsidium, ein großer schlanker Mann namens Hawkins, identifizierte die beiden Männer sofort. „Das sind gefährliche Killer, sie arbeiten für die Schlangenbande", erklärte er ihnen.

„Ein Freund von uns hat zufällig gehört, daß sie uns umbringen wollen", erklärte Frank.

„Dann kann ich euch nur raten, sehr vorsichtig zu sein. Leider reicht das nicht für einen Haftbefehl. Wir versuchen schon lange, die Bande auszuheben, aber bisher ohne Erfolg."

Im Hotel betrachteten die Detektive noch einmal die Bilder und versuchten, sich die unergründlichen Gesichter der beiden Männer einzuprägen. „Ich habe so eine Ahnung, daß wir die nicht zum letztenmal gesehen haben", vermutete Jan.

Am Morgen des nächsten Tages saßen sie gerade beim Frühstück, als ein Telegramm für sie eintraf. Frank öffnete den Umschlag. „Es ist von der Versicherungsgesellschaft", sagte er. „Sie nehmen das Angebot an!" Das Telegramm enthielt außerdem die Mitteilung, daß die 25 000 Dollar schon bei einer Bank in Hongkong bereitlagen.

Die Hardys sollten das Geld dort abheben und den Rubin-König damit auslösen. „Trotz erheblicher Bedenken halten wir vorgeschlagene Regelung für annehmbar. Um äußerste Vorsicht wird gebeten!" endete das Telegramm.

Die Jungen riefen daraufhin sofort im Schachklub an. Fong war nicht zu erreichen, und sie hinterließen die Nachricht, er möge zurückrufen.

Schon nach zehn Minuten klingelte das Telefon.

„Fong. Wie steht's mit unserem Geschäft?"

„Positiv!" antwortete Frank knapp.

„Gut. Aber bitte in bar."

„Einverstanden."

„Und keine Polizei."

„Von uns erfährt niemand was."

„Gut, dann hört mir jetzt genau zu. Habt ihr Papier und Bleistift zur Hand?"

„Ja, Sie können anfangen."

Fong sprach langsam und Frank machte Notizen. Die Hardys sollten ein Taxi nehmen und mit dem Geld an Aberdeen vorbei aufs flache Land hinausfahren. „Euer kleiner Freund kann euch den Weg zeigen", sagte der Mann.

Als nächstes beschrieb er eine kleine schwimmende Wohnsiedlung aus lauter Sampans. Eine Meile weiter nördlich, rechts von der Straße, würden sie einen Knochenkrug finden, etwa hundertfünfzig Meter von einem Schuppen aus Wellblech entfernt.

„Wißt ihr, was ein Knochenkrug ist?" wollte er wissen.

„Ja, wir haben einen gesehen."

„Da legt ihr das Geld hinein. Er ist leer."

„Und was ist mit dem Rubin-König?" erkundigte sich Frank.

„Im Krug liegt ein Zettel. Darauf steht, wo er zu finden ist."

Als Zeitpunkt wurde 12.30 Uhr vereinbart. Bevor Fong aufhängte, warnte er sie, daß jeder Versuch, ihn reinzulegen, tödliche Folgen für sie haben würde.

Der offensichtliche Ernst der Lage versetzte die Jungen in ziemliche Aufregung. Sie begaben sich sofort zur Bank, wo der Manager verständnislos den Kopf schüttelte, als er das Geld in großen Banknoten abzählte und zu einem kleinen Bündel verschnürte. Jan steckte es in sein Hemd.

In einem Taxi fuhren sie genau nach Fongs Anweisungen in die angegebene Richtung. Kim-Kim blickte sehnsüchtig auf das schwimmende Dorf aus Dschunken und Sampans, als sie an Aberdeen vorbeifuhren. Gemeinsam hielten sie nach der Hütte und dem Knochenkrug Ausschau.

„Das muß es sein“, verkündete Red schließlich und deutete auf eine Stelle in einiger Entfernung von der Straße.

„Sieht ganz so aus“, stimmte Frank zu und bat den Fahrer, anzuhalten.

Sie stiegen aus und gingen zu dem dunkelbraunen Krug hin. Zwei Bauern, die gerade ihre Sicheln schärften, beobachteten sie von der Blechhütte aus. Kurz vor dem Krug stolperte Red über ein Bündel Bambusstöcke, die in dem hohen Gras lagen.

„Vorsicht, Red. Brich dir nicht auch noch den anderen Arm!“ ermahnte ihn Jan.

Während der ganzen Zeit hatte Kim-Kim die beiden Männer nicht aus den Augen gelassen. „Sie nicht froh aussehen“, meinte er.

„Sie gehören wahrscheinlich zur Schlangenbande“, vermutete Jan, „und sind als Bauern verkleidet.“

„Nein“, widersprach Kim-Kim. „Bauern sind echt. Werden böse!“

Die Jungen waren jetzt bei dem Knochenkrug angekommen. Frank nahm mutig den Deckel ab und griff mit der Hand hinein. „Ich suche zuerst den Zettel mit den Angaben über das Versteck des Ruby King“, schlug er vor und tastete herum, bis er mit den Fingern an etwas Nachgiebiges stieß, das sich gleichzeitig ziemlich fest anfühlte.

Frank zog eine Handvoll verklebter Haare und Knochen heraus!

„Uuuuh!“ rief er aus und schüttelte sich. „Das sind menschliche Überreste!“

„Ja. Ich sehen!“ stimmte Kim-Kim zu. „Da kommen Bauern. Sehr böse!“

Die beiden Männer rannten auf die Eindringlinge zu und

schwangen ihre Sicheln, die in der Mittagssonne blitzten.

„Mein Gott!“ sagte Jan. „Das muß der falsche Knochenkrug sein!“

„Oder es ist eine Falle!“ stieß Frank hervor. „Los, nichts wie weg von hier!“

Die Jungen rannten auf das wartende Taxi zu, aber Red mit seinem Gipsarm konnte nicht mithalten.

„He, laßt nicht zu, daß die mich zerhacken!“ rief er mit flehender Stimme.

Frank und Jan hoben die Bambusstöcke auf und wehrten sich damit gegen die sichelschwingenden Bauern, die inzwischen herangekommen waren. Kim-Kim redete verzweifelt auf die beiden Bauern ein und bat um Entschuldigung.

Aber die wutentbrannten Bauern konnten nicht besänftigt werden. Einer von ihnen warf seine Sichel nach ihnen. Wie ein sich drehender Bumerang kam diese schreckliche Waffe auf Franks Kopf zu!

Begräbnis für einen König

„Runter, Frank!“ schrie Jan entsetzt auf.

Frank ließ sich ins Gras fallen und die Sichel flog über ihn hinweg. Er stand sofort wieder auf und rannte weiter. Die Bauern ließen von ihnen ab und starrten den fremden Eindringlingen wütend nach.

Völlig außer Atem erreichten die Jungen das wartende Taxi und sprangen hinein. Der Chauffeur fuhr mit quietschenden Reifen los. Kim-Kim kletterte auf den Vordersitz und grinste nach hinten: „Bauern sehr böse. Ihr ehrwürdige Ahnen gestört!“

„Das wollten wir nicht. Wieso haben wir den falschen Krug erwischt?“ wunderte sich Jan.

„Schaut mal da vorn“, unterbrach Frank. „Da ist noch so ein Schuppen und ein Knochenkrug daneben! Das muß er sein!“

„Bitte seid diesmal vorsichtiger. Ich habe wirklich keine Lust, zu Ketchup verarbeitet zu werden!“ bat Red.

Als das Taxi anhielt, schickten die Hardys Kim-Kim voraus, um die Hütte zu untersuchen. Er kam zurück und strahlte übers ganze Gesicht. „Niemand da. Okay, hingehen und nachschauen!“

Durch das vorangegangene Ereignis etwas entmutigt, trotteten Jan und Red zögernd zum Knochenkrug hin. Er sah älter aus als der andere. Ein dünner Riß zog sich vom oberen Rand bis zum Boden.

„Diesmal greifst du hinein!“ verlangte Frank von Red.

„Nein. Kommt nicht in Frage!“

„Schon gut, ich mach’s“, meldete sich Jan. Er faßte hinein, bis sein Arm vollständig darin verschwunden war. „Keine Knochen diesmal“, sagte er und tastet mit den Fingern herum. Schließlich zog er ein zusammengefaltetes Blatt Papier heraus. Er las laut vor:

Hardys:
Laßt das Geld hier und geht auf der Straße 1000 Meter weiter. Auf der anderen Seite hinter einer Baumreihe ist ein Sitzgrab. Darin ist der Rubin-König begraben. Denkt dran, ihr werdet beobachtet. Irgendein Trick mit dem Geld und ihr kehrt nicht mehr lebendig nach Hongkong zurück!

„So etwas habe ich erwartet“, stöhnte Frank. „Wir lassen das Geld besser hier.“

„Aber was tun wir, wenn der König gar nicht dort ist?“ wollte Jan wissen.

„Das Risiko müssen wir eingehen. Steck das Geld rein, Jan!“

Der Junge nahm das Geldpäckchen aus dem Hemd und ließ

es in den Krug fallen. Danach gingen sie schnell zum Taxi zurück und gaben dem Fahrer Anweisung, langsam weiterzufahren. Schließlich kamen sie zu einer Reihe von Eukalyptusbäumen, die etwa hundert Meter von der Straße entfernt standen. Sie baten den Fahrer zu warten und näherten sich behutsam der beschriebenen Stelle.

Plötzlich merkten sie, daß sie nicht allein waren! Von den Bäumen her waren deutlich Stimmen zu vernehmen.

„Pst!" warnte Frank. „Da ist jemand. Wir pirschen uns langsam ran und sehen nach, wer das ist!"

Lautlos schlichen sie auf die Bäume zu und spähten durch die Zweige. Zwei Männer waren gerade dabei, etwas aus dem Sitzgrab herauszuziehen. Einer hatte den Jungen den Rücken zugewandt, aber den anderen erkannten Frank und Jan. Es war der Mann, mit dem Frank in Ocean Bluffs gekämpft hatte, bevor Gerard Henry und Jan die Klippen hinuntergefallen waren!

Der Mann, dessen Gesicht sie nicht sehen konnten, begann auf einmal fürchterlich zu fluchen. Die Hardys erkannten ihn an der Stimme.

„Reginald Jervis!" flüsterte Jan.

Frank nickte. „Ja. Die graben den Rubin-König aus!"

Jervis war immer noch am Toben. „Diese verdammten Gauner! Sie haben alle Rubine herausgenommen! Er ist jetzt wertlos, völlig wertlos!" Die Männer ließen die Schachfigur fallen und Jervis trat danach. „Laß uns abhauen!" brummte er.

„Das könnte euch so passen!" stieß Frank hervor. Die drei Jungen warfen sich auf die Männer, und auch Kim-Kim half nach Kräften.

Jervis wirbelte herum. Er holte mit der Schaufel, die er immer noch in der Hand hatte, aus und schlug damit auf Jan ein.

Frank kümmerte sich um seinen früheren Gegner von Ocean Bluffs, während Red Jan zu Hilfe kam. Bevor Jervis seine Schaufel noch einmal hochheben konnte, krachte Reds Gips wie ein

Hammer auf den Kopf des Ganoven. Er fiel um und rührte sich nicht mehr.

Frank hatte in der Zwischenzeit den anderen Mann überwältigt. „Red, frag doch mal, ob unser Fahrer zufällig ein Abschleppseil dabeihat, damit wir unsere Freunde hier fesseln können!" befahl er.

„Ich glaube nicht, daß wir noch ein Seil brauchen werden", erwiderte Red und deutete auf die Bäume. „Seht mal, wer da kommt!"

Captain Hawkins und ein anderer Polizist kamen im Laufschritt auf sie zu. „Wir haben uns Sorgen um euch gemacht, deshalb haben wir uns Fongs Schlägertypen auf die Fersen geheftet. Bei einem Knochenkrug haben wir sie gestellt und mit einem Geldbündel erwischt. Wißt ihr vielleicht, wie das dort hineingekommen ist?"

Während die Polizei den Gefangenen Handschellen anlegte, schilderten Frank und Jan den Ablauf der Ereignisse.

Jervis lachte bitter. „Fong wollte euch also tatsächlich den Rubin-König überlassen. Aber ohne die kleinen Bonbons. Ich habe gedacht, er würde euch zurück nach Hongkong schicken, nachdem ihr das Geld abgeliefert habt!"

„Und Sie wollten sich die Edelsteine selbst unter den Nagel reißen, was?" wollte Frank wissen.

Jervis knirschte mit den Zähnen. „Fong ist ein dreckiger Betrüger! Wollt ihr ihn haben? Ich kann euch sagen, wo er ist. Er sitzt im Tai Pak und wartet auf die 25 000 Dollar!"

„Tai Pak?" mischte Kim-Kim sich fröhlich ein. „Ich wissen. Nahe da ich lebe. Guter Ort für Geld machen."

Hawkins erklärte, daß Tai Pak ein großes schwimmendes Restaurant war, das im ganzen Fernen Osten berühmt war. „Laßt uns gleich dorthingehen und nachsehen, ob der Mann die Wahrheit sagt", schlug er vor.

Er befahl dem anderen Polizisten, die Gefangenen ins Polizeipräsidium zu bringen. „Ich fahre mit den Jungen zum Hafengebiet“, fügte er hinzu. „Ein Streifenwagen soll dort auf mich warten!“

Bald kamen sie im Hafen an, in dem es von kleinen überdachten Booten wimmelte. Frauen in schwarzen Kimonos und Kuli-Hüten bewegten sie mit einem langen Ruder vorwärts.

„Das sind Wassertaxis. Sie bringen Passagiere zum Tai Pak“, erklärte Hawkins und winkte eines heran.

Die Jungen bemerkten einige kleine offene Boote, mit denen Kinder flink zwischen den Wassertaxis herumruderten und die wohlhabenderen Passagiere um Münzen anbettelten.

„Hast du das gemeint mit ‚guter Ort für Geld machen‘?“ wollten sie von Kim-Kim wissen.

Der kleine Chinese nickte und begrüßte einige seiner Freunde.

Ein Streifenwagen mit vier Polizisten traf ein. Während die Jungen ihr Wassertaxi bestiegen, riefen die Polizisten noch ein weiteres, und schon bald waren alle unterwegs zu dem schwimmenden Restaurant.

Die Hardys waren beeindruckt von der unglaublichen Geschicklichkeit der Frauen, mit der sie ihre Boote um sämtliche Hindernisse im dichten Verkehr lenkten, ohne irgendwo anzustoßen.

Schließlich erreichten sie das riesige zweistöckige Restaurant, das mit Lichtern und Laternen festlich geschmückt war. Sie gingen an Bord. Hawkins schlug den Jungen vor, das Oberdeck zu durchsuchen, während die Polizisten sich das Hauptdeck vornehmen sollten.

Die Amerikaner waren erstaunt über die Ausmaße des Restaurants. Jeder Zentimeter des Decks war mit Tischen und Stühlen genutzt. Kellner balancierten große Tabletts mit akrobatischer Leichtigkeit zwischen den Gästen durch.

Eine große Treppe führte zum Oberdeck, das ebenso bevölkert war.

„Am besten gehen wir getrennt vor“, erläuterte Frank. „Aber

unternehmt nichts, falls ihr Fong ausfindig macht. Rennt sofort runter und ruft Captain Hawkins!"

Durch das Geklapper der Teller, das Gelächter der Speisenden und die herumflitzenden Kellner war es schwer, sich zu konzentrieren. Außerdem stieg Red der verlockende Geruch der chinesischen Speisen in die Nase und machte ihn hungrig. Jeder für sich gingen sie durch die Reihen und nahmen sorgfältig einen Tisch nach dem anderen in Augenschein.

Jan war es, der plötzlich Fong entdeckte. Er saß in einer abgelegenen Nische an der Wand und unterhielt sich mit einem Mann. Fong schaute nervös auf die Uhr und ließ seinen Blick durch den Raum schweifen.

Jan nahm schnell ein Taschentuch und hielt es sich vors Gesicht. Er ging näher hin, um Fongs Gesprächspartner aus der Nähe betrachten zu können.

Als der Mann sich auf einmal umdrehte, erkannte Jan ihn sofort – es war der freundliche Choy Bok!

Ein Kellner tippte Jan leicht am Ellbogen an. „Wünschen Sie einen Tisch?"

„Nein, danke."

In diesem Moment tauchte Red neben ihm auf. „Dort ist er", flüsterte er aufgeregt und deutete mit seinem Gipsarm in die Richtung von Fongs Tisch.

Dabei stieß er krachend gegen eine Stuhllehne, und die Gäste in der Nähe drehten sich alle verwundert um. Jan sah, daß Fong und Choy Bok sich sofort erhoben, um zu gehen. Sie mußten gemerkt haben, daß die Jungen ihnen dicht auf den Fersen waren!

„Lauf schnell nach unten und hol den Captain!" befahl Jan. Als Red wegrannte, erschienen Frank und Kim-Kim.

„Achtung!" schrie Jan. „Sie machen sich aus dem Staub!"

Die jungen Detektive rannten zwischen den Tischen durch und bemühten sich, die verärgerten Gäste nicht anzurempeln.

„Dahinten bei den Stufen sind sie!"

Die Flüchtenden flogen geradezu eine kleine Metalltreppe hoch, die aufs Dach des Restaurants führte und sprangen dann ohne zu zögern kopfüber ins Wasser.

Die Hardys sahen, wie sie an der Oberfläche auftauchten und von einem Wassertaxi aufgefischt wurden.

„Los, hinterher!" befahl Frank. Er sprang mit Jan und Kim-Kim zusammen in die Bucht. Sie tauchten neben einem Taxi auf und kletterten in das Boot der erstaunten Frau. Kim-Kim befahl etwas auf chinesisch, und die Frau nahm die Verfolgung von Fongs Taxi auf.

„Wir verlieren sie!" rief Jan. „Schneller bitte!"

„Keine Angst, ich machen", versprach Kim-Kim.

Er rief seinen kleinen Freunden, den Bettlern, etwas zu. Sofort ertönte von allen Seiten aufgeregtes Geschrei und die Kinder begannen, das flüchtende Boot zu umzingeln. Ein riesiger Tumult entstand, und innerhalb kürzester Zeit hatten sie das Taxi mit ihren flinken Booten ausweglos eingekreist.

Es saß so fest, daß jede Flucht unmöglich war. Als die Polizei erschien in einem anderen Boot mit Red zusammen, mußte sie die beiden Flüchtenden nur noch festnehmen.

Die Hardys holten ihr ganzes Kleingeld hervor und warfen dankbar den Kindern die Münzen zu, die vor Freude lachten und klatschten.

„Das hast du wunderbar gemacht, Kim-Kim", lobte Frank.

Eine halbe Stunde später trafen alle zusammen im Polizeipräsidium ein. Man gratulierte den Hardys und begann mit dem Verhör von Jervis, Fong und Choy. Langsam wurden die letzten noch unklaren Einzelheiten des Geheimnisses gelüftet.

Kurz vor ihrem Eintreffen im Präsidium war ein Telegramm von Fenton Hardy gekommen, in dem stand, daß Eggleby mit Sam Radleys Hilfe in den Vereinigten Staaten festgenommen worden war. Er hatte mit Jervis zusammen versucht, in Texas wieder ein Juwelengeschäft aufzuziehen, aber als Eggleby festgenommen wurde, hatte Jervis schnell das Land verlassen.

Jervis gab zu, Fenton Hardy im Park-Hotel niedergeschlagen und den Sprengstoff auf Anweisung von Fong in den Auspuff der Jungen gesteckt zu haben. Und Jervis war es auch, der aus dem Schlangenballon auf Krassner geschossen hatte. Fong und Eggleby waren dabei seine Komplizen gewesen.

„Du Idiot!“ schimpfte Fong. „Warum hältst du nicht dein Maul?“ Aber der wütende Bandenchef konnte seinen früheren Partner nicht davon abhalten, alles zu gestehen. Vor Wut zitternd mußten er und Choy Bok mit anhören, wie Jervis schließlich sogar die Erklärung dafür lieferte, warum die Schlangenbande sich so sehr für Conrad Greene interessiert hatte.

„Sie haben eine weltweite Wettorganisation betrieben“, erklärte Jervis. „Deshalb haben sie versucht, den amerikanischen Schachmeister durch Drohungen einzuschüchtern und zum Verlieren zu zwingen. Sie selbst hatten hohe Beträge auf den koreanischen Meister gesetzt. Mit der Wanze wollte man Conrad Greenes Spielweise ausspionieren, und als das nicht funktionierte, wurde er entführt und bedroht.

„Wurde er im Hafen von Bayport versteckt gehalten?“ wollte Jan wissen.

„Nein. Wir brachten ihn zu Fongs Wohnung ganz in der Nähe.“

„Warum wollten Sie den Rubin-König mit der Queen Maru wegschaffen?“ forschte Frank. „War Kapitän Ono auch mit Ihnen im Bunde?“

„Nein. Er hatte nichts damit zu tun“, entgegnete Jervis.

„Und wer hat den Rubin-König aus Krassners Haus gestohlen?“ erkundigte sich Frank.

„Fong und Eggleby. Sie brachten ihn zu der Hütte im Wald, aber als deine zwei Freunde ankamen, fuhren sie schnell in Fongs Wagen weg. Anschließend brachte Gerard Henry die Figur in einem Teppich zum Flughafen in Bayport.“

„Wie sind Sie denn auf die Idee gekommen, Krassner mit dem Schlangenballon in Panik zu versetzen?“ wollte Jan wissen.

„Fong wußte, daß Krassner ein begeisterter Ballonfahrer ist", gab Jervis Auskunft. „Er wußte ebenfalls, daß Krassner das Schlangensymbol fürchten würde. Und so war der Ballon das geeignete Mittel, um ihn zu erschrecken."

„Aber er weigerte sich, die wertvolle Schachfigur herauszugeben, obwohl Sie ihm drohten, seinen Ruf zu zerstören?"

„Ja, er blieb hart. Aber als wir auf Moy Chen-Chin Druck ausübten, war Frau Krassner ohne das Wissen ihres Mannes zur Zusammenarbeit bereit."

„Ich bin wirklich froh, daß Krassner eine reine Weste hat", freute sich Red. „Ich habe ihn immer gemocht."

„Es ist nur schade, daß wir den Rubin-König nicht unbeschädigt zurückholen konnten! Ohne die Juwelen ist die Figur wahrscheinlich wertlos!" seufzte Jan.

„Fong weiß, wo die Rubine sind. Fragt ihn doch mal!" riet ihnen Jervis.

„Ich weiß gar nichts", stieß der Asiate hervor und sein Gesicht verzog sich zu einem arroganten Lächeln.

„Wo wohnt denn Fong eigentlich?" erkundigte sich Frank bei Jervis.

Der Mann zuckte die Schultern. „Seit er angekommen ist, hat er sich stets bei Choy Bok aufgehalten."

„Dann sollte man einfach mal Choys Wohnung auf den Kopf stellen!" schlug Jan vor. „Wir wissen ja, wo die ist."

„Die Idee ist nicht schlecht", lobte Captain Hawkins.

Eine Stunde später fand eine gründliche Haussuchung in Choys eleganter Wohnung statt. Von Frau Choy war nichts mehr zu sehen. Die Polizei kämmte Zimmer für Zimmer durch, bis endlich einer rief: „Captain, kommen Sie mal her!" In der Tasche von Frau Choys Morgenmantel war ein Säckchen mit roten, glitzernden Edelsteinen! Das waren die Rubine.

Captain Hawkins lud die Jungen und Kim-Kim zum Abendessen ein und dankte ihnen, daß sie die Schlangenbande zur Strecke gebracht hatten. „Bitte überbringt den Rubin-König seinem rechtmäßigen Besitzer. Es dürfte nicht allzu schwierig sein, seine ursprüngliche Schönheit wiederherzustellen."

„Ihr zurück nach Amerika?" fragte Kim-Kim mit traurigen Augen.

„Ja, Kim-Kim. Der Fall ist erledigt", sagte Jan.

Red legte den Arm um seinen kleinen Freund. „Leider können wir nicht hierbleiben. Aber wir haben eine Überraschung für dich. Frank und Jan haben beschlossen, daß ein Teil ihres Honorars dir gehören soll für deine Mithilfe!"

Kim-Kims Augen wurden ganz groß. „Ich guter Detektiv!"

„Ein Freund von uns kommt bald nach Hongkong zur internationalen Schachmeisterschaft. Er heißt Conrad Greene. Er wird dir deine Belohnung mitbringen. Du mußt Captain Hawkins nur sagen, wo du zu erreichen bist", fuhr Red fort.

„Da wir gerade von der Schachmeisterschaft reden, fällt mir ein, daß Conrad jetzt ohne die ständigen Bedrohungen gute Aussichten hat, zu gewinnen und den Rubin-König als Preis zu erhalten", stellte Jan fest.

„Und der alte Greene braucht keine Angst mehr zu haben", fügte Frank lächelnd hinzu. „Der Rubin-König ist begraben worden – und zwar nicht von seinem Besitzer, sondern von Fongs Leuten. Der Fluch ist also aufgehoben!"

Titel der Originalausgabe: THE HARDY BOYS – THE CLUE
OF THE HISSING SERPENT

Übersetzung: Ulla Neckenauer
Deckelbild und Illustration: Werner Heymann
Textredaktion: Susanne Bestmann
Bestellnummer: 7886

ISBN 3 505 07886 7